O outro lado do crime

Casos sobrenaturais

Dossiê organizado por
Bruno Anselmi Matangrano
Debora Gimenes

LLYR EDITORIAL
Rio de Janeiro, RJ - 2016

Título do Livro
O outro lado do Crime (Casos Sobrenaturais)

Editor-Chefe
Tomaz Adour

Organização
Bruno Anselmi Matangrano
Debora Gimenes

Preparação de Texto
Bruno Anselmi Matangrano
Leonardo de Barros Sasaki

Revisão
Tomaz Adour

Orelhas e Quarta-Capa
Bruno Anselmi Matangrano

Prefácio
Giulia Moon

Capa
Dandi Rios

Fotografias e Montagens
Lucas Anselmi Matangrano

Diagramação
Marcelo Amado

Outro lado do crime, O / Bruno Anselmi Matangrano e Debora Gimenes (Org.); Ilustrações: Lucas Anselmi Matangrano. – Rio de Janeiro: Vermelho Marinho, 2015.
208 p.; il. – (Casos sobrenaturais)

ISBN: 978-85-8265-090-5
Prefácio por Giulia Moon

1. Literatura brasileira – Contos. I. Matangrano, Bruno Anselmi. II. Gimenes, Debora. III. Matangrano, Lucas Anselmi. IV. Moon, Giulia. V. Série.

CDD-869.93

VERMELHO MARINHO

EDITORA VERMELHO MARINHO
Rua Visconde de Silva, 60/casa 102,
Botafogo, Rio de Janeiro/RJ, 22.271-092.

PREFÁCIO

Giulia Moon

Qual é *O Outro lado do Crime*?

E por que uma autora de histórias de vampiros está escrevendo o seu prefácio?

Essa foi a primeira pergunta que me fiz ao receber o gentil convite da dupla de organizadores. Ao mesmo tempo em que a pergunta surgia na minha cabeça, a sua resposta também nascia naturalmente. *O Outro lado do Crime* é uma união feliz entre dois gêneros que adoro: o policial e o horror.

Falar de literatura policial é falar do jogo estimulante entre o autor e o leitor, no qual o primeiro propõe um enigma – um crime – e o segundo tenta solucioná-lo durante a leitura, valendo-se das informações fornecidas pelo autor, que se empenha, por sua vez, em cercá-las de imagens, odores, ruídos, texturas e impressões para induzir o leitor ao erro. Numa boa história policial, o leitor chega ao final surpreso, recompensado e feliz por ter sido ele, sim, vítima de uma história bem contada, lógica e ardilosa.

Mas como seria uma história policial em que personagens do mundo sobrenatural se fizessem presentes? Como estabelecer um jogo no qual o autor tem nas mãos o trunfo do fantástico? Ao anunciar a sua proposta, *O Outro lado do Crime* já avisa ao leitor: nestas histórias, o real e o imaginário se fundem. Provas materiais se misturam aos sonhos e visões. E, muitas vezes, o encantamento pelo extraordinário poderá turvar a mente do leitor e afastá-lo do caminho da lógica e da razão.

O Outro lado do Crime é isso. Nove contos policiais, nos quais o fantástico é uma das variáveis no jogo divertido entre autor e leitor. Com a participação de escritores experientes e competentes como Luís Eduardo Matta, e o bom elenco de novos autores que transitam tanto pela fantasia quanto pelo horror e pela ficção científica, *O Outro lado do Crime* traz ao leitor histórias com linguagem leve e fluída, com uma interessante variedade de climas, tons e vozes. Pelas esquinas sujas e escuras *d'O Outro lado do Crime*, convivem fantasmas, vampiros, demônios e deuses gregos com mocinhas sensuais, detetives durões e assassinos frios e calculistas. O melhor dos dois mundos, juntos, para você desvendar.

Então, não perca tempo, leitor. Reúna a sua equipe de peritos, afie a sua capacidade de dedução e não se esqueça da cruz, do alho, das balas de prata e dos talismãs. E mergulhe nas páginas d'*O Outro lado do Crime*!

Giulia Moon é escritora, ilustradora e editora. As aventuras da sua personagem mais conhecida – Kaori, a vampira – misturam elementos da clássica ficção vampiresca com criaturas do folclore japonês e mundial.

ÍNDICE

O VAMPIRO LEDOY

Bruno Anselmi Matangrano

"With every day, […] I thus drew steadily nearer to that Truth, […] that man is not truly one, but truly two."
The Strange Case of Dr. Jekyll and Mr. Hyde, R. L. Stevenson[1]

I

– Boa noite, queira se sentar.

Um homem alto e sério acabava de entrar em minha sala. Não o conhecia. Estreitando os olhos, porém, notei algo em seu olhar e acrescentei:

– Não é comum alguém *como o senhor* nos procurar.

– Alguém *como nós*, você quer dizer – comentou ácido.

– Exatamente, alguém como *nós* – concordei, sorrindo.

– Percebeu logo que entrei?

Ele pareceu surpreso. Fiquei satisfeito. Gosto de estar um passo à frente.

– Assim que o vi. Não sou nenhum neófito, meu caro.

– Depende do ponto de vista.

– De fato. E a que se deve a inesperada visita, *Monsieur*...?

– Robert. Só Robert – completou diante de meu olhar inquiridor. – E o senhor? Por qual nome atende *atualmente*?

Sorri ao acréscimo da última palavra.

– Ledoy. Detetive Gabriel Ledoy. A seu dispor – esbocei uma mesura.

---

[1] "A cada dia, [...] fui-me aproximando inexoravelmente da Verdade [...]: o homem não é verdadeiramente um, mas verdadeiramente dois." (*O Estranho caso de Dr. Jekyll & Mr. Hyde,* Robert Louis Stevenson, 1850-1894).

– Gabriel? Que escolha curiosa.

– O senhor notou? É uma pequena brincadeira. Já fui Raphael, Uriel... A ironia me diverte.

– Eu notei. *Ledoy*? É francês?

– Pode ser, *mon cher*. Nasci inglês, mas já tive tantas nacionalidades. Para todos os efeitos, agora, sou francês. Afinal, estamos na França.

– Seu sotaque é perfeito.

– Obrigado. É a prática. – Ele me estudava atentamente e eu fazia o mesmo, embora disfarçasse acendendo um cigarro, distraído. – E o senhor? É francês?

– Minha origem não é relevante e creio que já chega de papo furado.

– Que pena. Estava me divertindo. Adoro papo furado. Há tanto tempo não encontro um de nós. Mas enfim, o que deseja?

– Na realidade, já deve ter ouvido falar da organização para a qual trabalho. Venho em nome d'*A Sociedade.*

– D'*A Sociedade*? Não sabia que havia imortais nas fileiras da Máfia, M. Robert.

– Não? Que ineficácia a sua, *Detetive*. Há tantos anos nos caça e jamais notou quem é *realmente* seu inimigo?

– Eu... bem... de fato... – Se pudesse, certamente, eu teria corado. – Mas aonde quer chegar? Veio se entregar? – concluí tentando ser espirituoso. Eu fora ingênuo em pensar que estava um passo à frente. Robert me estudara muito bem antes de se apresentar, estava evidente.

– Não seja tolo. Nem mesmo se quisesse, poderia nos pegar, M. Ledoy, além disso, sei que não é o que deseja *de verdade*. Somos irmãos, afinal. Gatos entre pombos. Sou como o senhor.

– O que quer dizer?

– Quero dizer que, *grosso modo*, agimos da mesma maneira. Vivemos entre os mortais; escondidos, trabalhando com eles. A única diferença é que o senhor escolheu se esconder entre os *mocinhos* e nós no lugar que nos é devido.

– Entendo.

– Tenho certeza que entende.

Seu sorriso arrogante estava começando a me irritar.

– Mas o que quer, afinal? Veio criticar meu modo de vida? – inquiri. As formalidades e brincadeiras já tinham me cansado.

– De maneira alguma. Vim, na verdade, contratar seus serviços. O senhor é único, *Detetive*. Tenho certeza que vai poder nos ajudar.

– Trabalhar para *A Sociedade*? Está maluco!

– Não se precipite. O que tenho a lhe dizer é muito maior do que *A Sociedade*. Aliás, o que tenho a dizer é muito maior do que eu ou você – ele fez uma pausa, seu ar era grave, mais dramático do que o necessário, obrigando-me a fazer um gesto para que prosseguisse. – Certamente soube que alguns vampiros foram assassinados em Paris.

– Soube de dois ou três. Não eram daqui. Achei que Deument estivesse eliminando desafetos. Você sabe como ele é paranoico e temperamental, praticamente bipolar, de maneira que nenhum vampiro, amigo ou inimigo, pode entrar em Paris sem seu consentimento. Além disso, por ser telepata, normalmente não faz muitas perguntas antes de atacar.

– Sei como Deument trabalha. Paris é seu quintal, mas a França foi só o começo; em toda a Europa vampiros estão sendo mortos. Decapitados. Incinerados. Ninguém sabe quem o fez, nem o motivo. Ele não tem nada a ver com estas mortes.

– Vampiros d'*A Sociedade* estão sendo mortos? Ora, menos bandidos no Mundo!

– Controle a língua, Ledoy! Não ouse criticar *A Sociedade*. De todo modo, está enganado. Muitos vampiros que você julgaria dignos também foram mortos. O próprio Gaston Deument está assustado.

– O vampiro mais poderoso de Paris assustado? Acho difícil de acreditar. Sua arrogância não o permitiria. Além disso, gosto de Deument, mas ele não é nenhum exemplo de boa...

– E você é?

Tive de me calar. Eu também matava, também vivia de sangue. Mentia para viver como mortal. Não era melhor do que a maioria de nós. Detestava admitir, mas o vampiro grandalhão tinha razão. Vendo meu embaraço, ele continuou:

– Não seja moralista, Ledoy! Somos monstros e não anjos, por mais que você tente fingir ser um. Não é um *nome* que vai mudar o que você é. – Não tive como responder, então, Robert retomou a palavra: – Mas o que você diria de Lancaester?

– Henry Lancaester?

– Sim, ele costumava usar esse nome. Considera Lancaester um bom vampiro? Se é que existe algo de bom em nós.

– Certamente! Eu o admiro e respeito. Ele é mais antigo do que eu e meu conterrâneo. Um vampiro honrado. Fiz-lhe uma visita na última vez em que estive em York, há uns 30 anos. Ele ainda está naquela cidade velha?

– Não, não está. Sinto muito em lhe dizer: seu amigo está morto. Quero dizer, *definitivamente* morto.

A notícia me chocou de tal forma que fingi não notar a piada de péssimo gosto, ainda que Robert parecesse muito satisfeito com ela.

– Quando aconteceu? – perguntei, afinal.

– Há duas noites. Os ingleses estão alvoroçados. Lancaester vivia protegido. *A Sociedade* teme pelos seus. Gaston Deument o havia visitado dias antes e está bastante assustado. Já não podemos trabalhar sozinhos. Todos os vampiros parecem estar em risco. O assassino, seja quem for, parece escolher vampiros poderosos como vítimas. Entenda, M. Ledoy – seu tom era *quase* suplicante –, precisamos do senhor.

– Conte-me o que sabe, M. Robert. Fale-me sobre Henry.

II

Afinal, aceitei ajudá-lo; não por vontade própria ou por qualquer sentimento de vingança em relação à morte de Henry – meu amigo estava morto, não havia o que fazer –, mas porque fui obrigado.

Robert não era idiota, não viera sozinho e *eu* teria sido tolo se por um momento cogitasse o contrário; mesmo com minha pistola engatilhada no bolso, não teria sido páreo para os quatro vampiros que aguardavam na sala ao lado. Todos os policiais mortais já haviam sido neutralizados. A um sinal do chefe, entrariam, bloqueando toda e qualquer passagem. Robert me disse que suspeitara que meu *egoísmo* não permitiria que me oferecesse para ajudá-los de espontânea vontade; prevenido, providenciara-os como *incentivo*. O trato era simples: eu deveria investigar e pegar o assassino a todo custo; em troca, permaneceria vivo e poderia continuar a exercer meu trabalho ordinário onde desejasse, na condição de não atrapalhar futuramente. O acordo era claro: se falhasse, seria morto; se causasse problemas, seria morto; se os traísse, seria morto; se me recusasse a ajudar, seria morto. Ele não estava aberto a negociações. Não havia a quem recorrer.

Não foi difícil decidir, portanto. Não sabia, porém, que teria meu trabalho supervisionado. Diante de minha palavra, Robert assobiou. Um sexto homem entrou na sala acompanhado dos capangas d'*A Sociedade*. Era mais magro, mais baixo e bem mais corado do que os brutamontes de terno que o ladeavam. Fiquei pasmo quando me dei conta de que o rapaz franzino e de óculos caros era humano. Um humano comum. Fomos apresentados. O mafioso me disse que Jean-Pierre iria obedecer meus comandos, providenciar o que precisássemos e, o mais importante, ia me vigiar noite – o que seria péssimo – e dia – o que seria terrível. Para piorar, todos os nossos movimentos seriam reportados à *Sociedade*.

***

Naquela mesma noite, embarcamos no aeroporto Charles de Gaulle. Dirigíamo-nos à casa de meu falecido amigo Henry Lancaester para investigar a cena do crime. Nosso voo faria ponte aérea em Amsterdam e de lá rumaria para o aeroporto internacional de Leeds-Bradford, na Inglaterra. Seria incômodo pegar dois voos, mas não havia jeito. Era Amsterdam ou Londres. Não havia voos diretos para Leeds, muito menos para York. Com sorte, estaríamos na casa de Henry em menos de seis horas.

Antes de irmos ao aeroporto, tive de passar em meu apartamento no *Quartier Latin* para fazer uma mala. No caminho, parei para me alimentar. O sangue de um morador de rua foi minha ceia. Satisfeito, descartei o corpo em um beco obscuro. Eu o matara com uma faca comum; quando o achassem, concluiriam que morrera em uma briga ou assalto. Tomei ainda o cuidado de não lhe drenar todo o sangue. Era sempre assim, e, se não estivesse prestes a viajar, teria eu mesmo avisado a polícia sobre o corpo, depois *investigaria* e arquivaria o caso, como sempre fazia. Era um método simples, aprimorado ao longo de décadas.

Jean-Pierre assistiu a tudo sem piscar, com um brilho obscenamente sádico no olhar; fingi não notar. Aquilo me fez prestar mais atenção em meu jovem companheiro. Ele tinha um aspecto frágil e presunçoso, tal qual um baronete falido que conserva a pompa de outrora. Não havíamos conversado mais do que o necessário, mas notei que sua voz era aguda e confiante. No avião, quando o tédio imperava, tivemos, de fato, nossa primeira conversa.

– Também já matei – comentou casualmente assim que o avião decolou, numa tentativa evidente de me impressionar. Na certa achava que eu matara o mendigo com o mesmo intuito.

– Bom pra você – respondi com reprovação na voz.

– Quem ouve, pensa que é santo – retrucou, ofendido.

Não respondi. A aeromoça passou por nós e ofereceu uma bebida. Neguei com um sorriso simpático; Jean aceitou um suco. Passaram-se alguns minutos. O silêncio se fez ouvir. O garoto, porém, não devia saber apreciá-lo, pois logo o cortou:

– Mate-me uma curiosidade: por que o senhor trabalha na polícia? – Abaixando a voz, acrescentou: – *Vampiros* podem tudo, não entendo porque trabalham.

Aquilo me surpreendeu. Desde que saíramos da delegacia eu o vinha observando, buscando entendê-lo. Não compreendia o que fazia um jovem humano saudável se juntar a Robert. Pelo visto, Jean-Pierre também buscava me compreender.

– Vampiros não podem fazer tudo, *mon cher*.

– Podem fazer *quase* tudo. – Ele sorriu. Seus olhos brilhavam.

Suspirei e olhei melhor para ele; naquele momento o entendi. A forma como me encarava, sua ligação com Robert, sua pergunta curiosa: Jean-Pierre, em sua inocência, desejava se tornar um vampiro. Certamente, ainda não provara do sangue eterno, mas estava ávido por promessas de poderes e imortalidade que este podia lhe proporcionar. Com o tempo, descobri que, antes de conhecer os vampiros d'*A Sociedade*, tivera uma vida extremamente difícil, por isso, associava os vampiros à boa vida. Pobre criança ingênua.

Sua expressão agitada mostrou que ele ainda esperava uma resposta, então tentei explicar meu ponto de vista:

– Entenda, *monsieur*...

– Pode me chamar de JP. É assim que todos me chamam.

Sorri. Ele ainda era mesmo muito jovem. Quantos anos teria? Vinte, no máximo?

– Tente entender, *JP*, a vida eterna tem suas desvantagens... – Meu tom de voz era baixo; ainda assim, ele sorvia cada palavra com empenhada atenção. – Viver eternamente *parece* sedutor, mas ninguém para e pensa que isso tem um preço MUITO alto: o Tédio. A maioria dos vampiros se suicida depois de algumas décadas, por simplesmente não saber o que fazer com tanto tempo disponível. Ou com tanto poder. Outros, como eu, Gaston Deument, Henry Lancaester e seus amigos d'*A Sociedade*, procuram... *distrações*. Não somos os monstros que os mortais imaginam. Somos seres civilizados, evoluídos e, acima de tudo, bem mais inteligentes do que a bendita humanidade. Nada modestos também – sorri antes de continuar, apreciando meu próprio senso de humor. – Além disso, não devemos esquecer que todo vampiro já foi mortal e, na morte, ou qualquer que seja o nome que se dê ao estado vampírico, mantemos nossa personalidade, gostos e caprichos, sem dúvida, intensificados. Não vivemos apenas pelo sangue. Por conta disso, alguns vampiros se integram à sociedade humana, ganhando dinheiro e se tornando poderosos diante de mortais e imortais. Para que queremos isso, você questiona; ora, eu lhe disse, somos seres caprichosos, orgulhosos, entediados. Precisamos de luxos, precisamos de algo para nos ocupar, para não enlouquecermos. Claro que poderíamos roubar, e há quem roube, mas que tédio seria viver com todo o tempo e dinheiro do mundo e absolutamente nada para fazer! No meu caso, não poderia ser diferente, sou tão detetive quanto vampiro, pois já era um antes de me tornar o outro. É minha essência. Sou um Detetive-Vampiro. Consegue entender?

– Acho que sim... – respondeu, ainda que sua expressão me dissesse o contrário.

– Em suma: somos muito mais humanos do que toleramos admitir. Em última instância, tudo se resume ao Tédio, como já sabiam os poetas malditos. O que me difere de seus amigos d'*A Sociedade* é o mesmo que difere um bandido de um humano honesto: o caráter.

– Mas você é um assassino como eles, Gabriel.

– De modo algum! Veja: mato para me alimentar – expliquei com paciência. – Você não come carne, JP?

– Sim, como.

– Exatamente. Entende meu ponto? Nós não somos da mesma espécie. Eu o vejo como você vê o gado. Jamais mataria alguém de minha espécie a menos que fosse em legítima defesa. Você, por outro lado, diz que já matou seres humanos. Quem é o monstro agora?

Ele pareceu constrangido.

Enfim, o silêncio.

III

Não nos falamos durante o resto da viagem, embora eu tenha captado vários olhares curiosos de meu novo amigo mortal. Nosso voo chegou à Amsterdam no horário previsto; já eram quase três horas quando chegamos. JP foi buscar algo para comer. Quando voltou me disse que nosso voo para o aeroporto de Lees-Bradford demoraria quase duas horas para decolar.

– Quase duas horas? Isso vai estragar tudo!

– O que foi?

Sem responder, caminhei até uma janela e apontei. A Lua estava linda. Cheia. O ar noturno estava agradável e quente.

– Linda noite! Mas o que isso tem a ver?

– Eu *odeio* noites de verão, JP – comentei mal-humorado.

– Odeia? Por quê?

– Por que no verão as noites são mais curtas. Noites curtas significam menos liberdade. Menos liberdade significa mais tédio... está acompanhando?

Sua expressão era completamente confusa.

– Vou direto ao ponto: se o nosso avião levar duas horas para chegar, e mais uma hora e meia para aterrissar, chegaremos em Leeds depois do amanhecer; vou fritar assim que pisar em meu solo natal.

– Não havia pensado nisso. E agora?

– Vamos ter de esperar e embarcar apenas amanhã. Nesse meio tempo, vamos achar um lugar para eu me esconder do Sol.

– *A Sociedade* não vai gostar.

– Então, não deviam ter contratado um detetive-*vampiro*, oras.

***

Grande parte do aeroporto Schiphol era em vidro. Com o nascer do Sol, eu estaria preso em uma armadilha flamejante. Por sorte, havia uma parte sem janelas onde ficavam as lojas e restaurantes, eu poderia passar o tempo ali até o cair da noite.

Cansados, sentamos em um banco e rapidamente ele adormeceu. É impressionante a facilidade com que os humanos adormecem em locais estranhos. Rapidamente, fiquei entediado. Então, avistei uma livraria e resolvi dar uma olhada. Ficava em frente ao banco onde JP dormia com nossas malas, de modo que eu poderia vigiá-los.

A livraria era pequena e não tinha quase nada de interessante. Alguns livros, ditos, sobre vampiros me fizeram rir, mas eu não procurava nada de humor. Foi quando avistei uma coleção de bolso com vários livros *clássicos*, embora a maioria me fosse contemporânea. Os meus favoritos. Infelizmente, eu já lera todos os que estavam ali. Sem muitas opções, comprei meu predileto: *O Estranho Caso do Dr. Jekyll & Mr. Hyde*, de Robert Louis Stevenson. Olhei para o *Robert* na capa e sorri com a ironia, aquele nome era o porquê de eu estar ali; mais um motivo para levar o livro, ironias e coincidências sempre temperam o cotidiano. Como já fazia décadas que o lera pela última vez, seria divertido relembrar a história.

Voltei para o banco e comecei a leitura. O garoto ainda dormia tranquilo. Quando acordou, algum tempo depois, eu ainda estava lendo. Então o chamei para fora, sentei noutro banco e comecei a fumar. Entretido com a história e com a forma da fumaça que subia espiralada, não lhe dei muita atenção. Então me lembrei das boas maneiras.

– Aceita um cigarro?

– Você fuma?! – perguntou incrédulo.

– *Pourquoi pas?*

– Achei que... vocês... fumar é um vício humano. Não sabia que nossas drogas poderiam afetá-los e viciá-los.

– Realmente, não nos afetam.

– Então, por que fumar?

– Por diversos motivos. Primeiro porque quero. Segundo porque posso. Afinal, o cigarro não vai me fazer mal, nem me viciar. Gosto das formas que a fumaça toma quando exalada. É bonito. Além do mais, é um artifício interessante. Fumando me sinto mais humano e pareço mais humano, e parecer mais humano sempre pode ser útil – concluí com uma piscadela. – Mas vai querer um, ou não?

– Não, obrigado. Não fumo.

– Faz muito bem. Isso pode matar... quem está vivo.

Ficamos um minuto em silêncio, durante o qual terminei meu cigarro; acendi outro. Quando eu ia me levantar, JP me interpelou:

– Os humanos nunca desconfiam do que você é?

– Como você é curioso, JP!

– Desculpe – ele enrubesceu.

– Não tem problema. Pode perguntar o que quiser. Acho divertido responder.

– Obrigado. Mas e então? Os humanos nunca desconfiam?

– Provavelmente, sim – respondi sincero.

– Não se importa?

Ele estava estupefato. Dei de ombros.

– Dificilmente, os humanos acreditam no sobrenatural, mesmo quando estão cara a cara com ele.

– Os outros policiais, seus colegas, não questionam seus horários? Suas excentricidades?

– Entenda, sou útil a eles, enquanto for útil não vão me questionar. E, quando começarem a fazer perguntas, será hora de procurar outra cidade para trabalhar. Além disso – completei com um sorriso cheio de dentes pontiagudos –, os humanos não reclamam quando alguém se voluntaria a trabalhar apenas de madrugada. – JP sorriu também e eu comentei pensativo: – Há momentos em que até me esqueço de que não sou mais humano. Gosto de pensar que nunca deixei de sê-lo. Apenas... fui *aprimorado*.

JP deu uma risada. Ele parecia saber apreciar meu senso de humor. A despeito de tudo o que eu previra, estava sendo bastante agradável essa viagem com o jovem mortal. Conhecê-lo me fez rever alguns conceitos. Talvez *A Sociedade* não fosse composta apenas de crápulas e, talvez, apenas talvez, Jean-Pierre desse um bom vampiro.

– Agora, se me dá licença – disse já me levantando, enquanto apagava o cigarro e guardava o livro no bolso interno do casaco –, vou procurar um local mais sossegado para cochilar um pouco. Tente não dormir mais. Alguém precisa vigiar nossas malas.

IV

Tirei um péssimo cochilo sentado no vaso de um *box* no banheiro masculino. Não era agradável, mas foi o que consegui longe do Sol. Acordei bem tarde; no entanto, não fazia muito tempo que anoitecera. Eu já disse que odeio as noites de verão?

Jean-Pierre me esperava apreensivo na praça de alimentação.

– Robert me ligou.

– O que ele disse?

– Gaston Deument foi atacado.

– Gaston está morto?

– Não, ele fugiu. Um de seus homens está morto, ele conseguiu escapar.

– Mas Gaston Deument é um telepata, de reconhecidas habilidades psíquicas. E um dos mais antigos de Paris. Como pode se deixar surpreender?

– Parece que o bandido também tinha poderes psíquicos que o bloquearam. Ou algo assim. Deument passou mal um pouco antes, perdeu a consciência por uns instantes, ele não se lembra direito; só sentiu a presença do assassino pouco antes do ataque. Pelo que entendi, não é a primeira vez que isso acontece. Quando se deu conta, já era tarde e só teve tempo de fugir. Tudo se passou na porta de sua mansão, em Paris.

– Deument se sentiu mal?

– Parece que sim. Creio que vertigem, ou qualquer coisa semelhante.

– E isso já aconteceu outras vezes?

– Robert disse que sim. Quando Gaston Deument visitou Henry Lancaester, isso também aconteceu.

– Que estranho. Não é usual um imortal ter esse tipo de problema, mesmo Deument, com toda sua paranoia, embora os telepatas sejam diferentes do resto de nós. Talvez o assassino o tenha atacado mentalmente, neutralizando-o para agir... Isso faz sentido, já que nas duas vezes ele passou mal antes do ataque, não foi? Nesse caso, tudo fica muito mais perigoso, JP... – suspirei, antes de acrescentar: – O cerco está se fechando conosco no centro. Precisamos nos apressar.

***

Embarcamos uma hora depois. O voo foi curto e logo chegamos ao aeroporto internacional de Leeds-Bradford. Fazia algumas décadas que eu não pisava em solo inglês; não pude deixar de ficar um tanto nostálgico. Um carro nos esperava ali. Era o jeito mais rápido de se chegar a York. Eu poderia ter corrido, mas o que fazer com JP?

O motorista era Hugh, um vampiro amigo de Lancaester; eu o conhecera em minha última visita. Ele explicou que levaríamos uma hora para chegar à propriedade, situada ao Sudoeste de York, em uma região afastada e assaz arborizada, o que a mantinha longe de humanos curiosos.

Hugh me contou o quão repentino fora o ataque e que ninguém vira ou ouvira nada. Por sorte, algumas pistas foram encontradas.

***

Não havia muito a ser visto. As gravações das câmeras de segurança da propriedade mostravam vultos aqui e ali andando pela mansão. Aparentemente, seus próprios habitantes. Perguntei a Hugh se havia visitantes e ele não soube responder. Vampiros do mundo todo vinham à casa de Lancaester em busca de conselhos ou simplesmente de uma boa conversa regada ao melhor sangue inglês; logo, era difícil saber. Havia mortais ali também. Não havia, pois, como determinar quem estava ali no momento do assassinato.

Nos aposentos de Henry foram encontrados um crucifixo e água benta em abundância. Ao que podemos constatar, meu pobre amigo sofrera com a água dos padres antes de ter sido decapitado. JP pegou o crucifixo e o examinou. Eu podia vê-lo, não tocar nele. Era belo, de ouro maciço, com um brasão sofisticado em baixo relevo. Era um brasão de família e não me era de todo desconhecido, embora não me lembrasse de onde o vira.

Concluímos que o crime fora de caráter religioso, um fanático caçador de vampiros, talvez. Mas isso não fazia muito sentido, pois Henry nunca fora um vampiro cruel, não seria um alvo óbvio.

***

Ficamos dois dias em York sem maiores descobertas. Interrogamos moradores e funcionários e ninguém soube dizer nada que já não soubéssemos. O brasão do crucifixo era desconhecido de todos e algo me dizia que fora em Paris que eu o vira.

Sem ter mais o que fazer por lá, retornamos, passando pelos mesmos aeroportos e perdendo um tempo considerável e precioso. Se não fosse verão, poderíamos ter aproveitado melhor o tempo. Eu já disse que odeio as noites de verão?

***

Em Paris, Robert nos recebeu contrariado. Estava irritado com o atentado a Gaston Deument, e, principalmente, com o fracasso de minha empreitada em York.

– Esperava mais de seus talentos, Ledoy. Um chimpanzé treinado faria o que fez.

– Não seja precipitado, M. Robert. Achamos algo que talvez possa interessá-lo.

JP, que estava ao meu lado, levantou-se e retirou de sua mala o crucifixo embrulhado em um lenço.

– Ora, isso? Eu sei que foi com isso e com água benta que Henry Lancaester foi morto. Sei também que não encontrará impressões digitais nesta peça.

– Sabe também disso? – perguntei apontando o brasão.

– Isso é só um símbolo. Não é importante.

– É o que pretendo descobrir. Esse símbolo, *mon cher*, não é um brasão qualquer. Creio que já o vi antes. Amanhã, irei à universidade falar com um velho amigo. Com sorte, acharemos alguma referência sobre a família a que ele pertence e, então, chegaremos ao assassino.

– Ora, mas que ideia estapafúrdia, Ledoy! Mesmo que descubra a procedência do brasão, como saber se a peça não foi roubada? O que lhe garante que o legítimo dono é o culpado?

– Nada. Mas a ausência de uma peça dessas certamente seria notada. Se chegarmos ao dono, podemos chegar ao assassino. Além disso, o cerco está se fechando. Não temos mais pistas e não podemos ficar parados. Tem alguma sugestão melhor?

Robert jogou as mãos para o alto; geralmente, vampiros controlam bem suas emoções.

– Que seja! Descubra algo rápido! E suma da minha frente! Você também, Jean-Pierre, e leve essa coisa maldita daqui, não quero me queimar.

JP embrulhou o crucifixo e fomos para a minha casa no *Quartier Latin*, que não ficava longe da antiquíssima universidade.

V

Maurice Pardieu era professor de História da Arte. Um homem genial, de aspecto modesto, com pouco mais de quarenta anos. Maurice me conhecera havia três anos. Na ocasião, um documento valiosíssimo fora roubado da biblioteca e ele era o principal suspeito. Ao cabo, prendi o verdadeiro culpado e nos tornamos amigos. Logo o professor descobriu minha real essência, mas acabou se acostumando, embora reprovasse meus hábitos alimentares. Em suma, era o melhor amigo humano que um vampiro poderia desejar.

Naquela noite nos encontramos em seu gabinete, onde ele se escondia em meio às pilhas imensas e desordenadas de livros e papéis.

– *Professeur* Pardieu? – chamei, abrindo discretamente a porta.

– Gabriel! Entre. Chegou bem na hora. Mais um pouco e o sono me venceria.

– Este é Jean-Pierre, um jovem amigo.

JP deu um passo à frente e o cumprimentou tímido. Sorri indiscreto diante de seu desconcerto. Ao que parecia, JP estava encantado com a pompa do lugar. Creio que ele nunca frequentara lugares tão refinados; conhecer, de uma vez, a Mansão de Lancaester e o gabinete de um importante professor, era demais para ele.

– Não posso ficar muito, Maurice, e não pretendo atrapalhá-lo, então, vou direto ao ponto.

Pardieu assentiu curioso. Fiz um gesto para JP que, compreendendo, tirou de sua mochila a cruz envolta em um lenço e a colocou na mesa.

– Esse crucifixo é peça importante em um caso. Creio que poderá me levar ao criminoso. Contudo, preciso saber algo sobre a origem desse brasão, você o reconhece?

– Permita-me – pediu o professor segurando o crucifixo com o lenço. – Que bela peça. Muito bela, realmente. Antiga – era visível seu entusiasmo. Em seguida, acrescentou: – É curioso você me trazer um desses, Gabriel, sendo um... – ele parou e olhou rapidamente para Jean-Pierre.

– Fique tranquilo, Maurice, ele sabe.

– Ah! Ainda bem – suspirou e voltou a revirar o crucifixo. Quando pareceu satisfeito, levantou-se e o levou até um microscópio. – Notou que há restos de fuligem nos entalhes, Gabriel?

– Sim, eu notei. São as cinzas de um vampiro.

– Cinzas? – Seus olhos se arregalaram.

– Ouso dizer, Maurice, que está com uma arma em mãos.

O assustado professor soltou a peça imediatamente e me olhou alarmado. Em seguida, seu rosto corou e ele notou o quanto estava sendo tolo; retornou ao exame.

– Não consigo reconhecer o brasão, embora não me seja estranho – comentou, afinal. – Importa-se de deixá-lo comigo para que eu pesquise mais? Quero cotejá-lo com nossos anais e livros de heráldica.

– Pode ficar com ele, *professeur*, ligue para nós quando tiver alguma resposta.

***

Saímos da universidade e nos separamos. JP foi dormir um pouco, enquanto eu iria fazer um lanchinho. Teoricamente, ele não deveria se distanciar de mim, mas ele sabia que eu não iria fugir.

Fui rápido. Logo estava bem alimentado e procurando um lugar para colocar o corpo da prostituta. Quando estava voltando, meu celular tocou, era JP.

– Gabriel, onde você está?

– O que houve?

– Robert. Pegaram Robert.

Ainda com o celular em mãos, comecei a correr como só os vampiros conseguem. Assim que cheguei, JP me contou que *A Sociedade* fora atacada e Robert, morto. Felizmente, haviam prendido um dos assassinos.

***

Fiquei surpreso quando me deparei com o suposto assassino: um homem velho, fraco. Se o visse na rua, com certeza, teria me compadecido. Ou me alimentado. Contudo, as aparências enganam; nós, vampiros, sabemos muito bem. Por isso, não me deixei convencer. O velho era um padre, ou como um se vestia. Fiquei uma ou duas horas diante dele tentando usar de toda minha persuasão, apelando, inclusive, para sugestões psíquicas; nada surtiu efeito. O pároco tremia e se balançava como um louco, repetindo obsessivamente: *Preciso purgar o mundo. Preciso trazer luz às trevas.*

Nenhum monstro pode escapar. Sua voz era rouca e fraca. Acabei aceitando que sua sanidade se perdera completa e lamentavelmente.

Quando me dirigi à porta, o improvável aconteceu. O velho se atirou sobre mim e, com uma força que julguei impossível em um corpo tão fraco, tentou me enforcar. Sem êxito. Eu o repeli como a um inseto. Infelizmente, com um pouco mais de força do que pretendia, o que o fez expirar. Agora, eu só tinha um corpo velho e oco. Muitas dúvidas e nenhuma resposta.

VI

Passei aquele dia numa das sedes d'*A Sociedade*, dormindo o sono dos mortos – ou nem tão mortos assim. JP também descansou, nossa rotina estava acabando com seu relógio biológico.

Acordei sobressaltado, um dos vampiros do falecido Robert me sacudia.

– Sacuda-me mais uma vez e arranco suas presas e furo seus olhos com elas antes de jogá-lo em uma fogueira.

– Desculpe-me, M. Ledoy. Um vampiro acaba de chegar, diz precisar urgentemente do senhor.

Era Gaston Deument.

Levantei-me rapidamente e me dirigi até a saleta onde o poderoso vampiro me esperava. Gaston Deument era um homem alto, magro, de queixo forte. Trajava-se elegantemente, de maneira antiquada para o século XXI. Seu cabelo de um preto profundo era constantemente penteado para trás, o que lhe conferia um ar arrogante de mauricinho afetado. Seus olhos eram o que lhe havia de mais impressionante: vivos e letais. Naquele dia, porém, eram sombras, apenas. Dois pontos obscuros, circundados por fundas olheiras. Olhá-lo era como se deparar com o retrato do desespero. Embora fosse uma pessoa complicada cercada de desafetos, era simpático comigo e não interferia em meu modo de vida excêntrico, por isso, eu gostava dele.

– Gabriel, preciso de sua ajuda.

– O que houve, *mon cher*?

– Sinto que serei o próximo.

– O próximo?

– Sim, o assassino de Henry está em meu encalço. Eu o sinto. Todo o tempo, eu o sinto. Tenho perdido a consciência com frequência, sei que ele está tentando entrar em minha mente. – Suas mãos esguias comprimiam suas têmporas e ele balançava na cadeira, de maneira semelhante à do padre.

– Tente se acalmar. Ele não ousaria atacá-lo.

– Ele já o fez e fará novamente. Eu sei.

– Sabe?

– É um pressentimento, senti o mesmo na noite em que fui atacado. É como se seus olhos estivessem o tempo todo sobre minha nuca. A presença dele é muito forte, sempre à espreita. Sinto que ele ronda minha mente, quer lê-la, controlá-la. Eu luto; ele é forte e acabo sempre perdendo a consciência. Temo que uma hora ele me vença. Preciso de sua ajuda.

– Seria uma honra, Gaston, mas você é muito mais poderoso; em que eu poderia ajudar? Eu não tenho poderes psíquicos capazes de enfrentar outro um vampiro, você sabe disso – argumentei, na tentativa vã de acalmá-lo.

– Venha para minha casa. Traga seu amigo humano. Os seguranças de Robert. Todos que quiser, mas venha já. Preciso de companhia, não suporto ficar um instante sequer à mercê desse assassino. Não quero ficar sozinho. Ele sempre parece agir quando estou sozinho. Não quero sentir novamente a presença dele. Faça isso por mim, Gabriel, eu imploro.

Fiquei tão abismado com seu desespero que apenas meneei a cabeça em um gesto afirmativo. O que poderia tê-lo assustado tanto? *Nada* parecia fazer sentido.

***

Fomos à sua casa em grande comitiva. JP e eu com Gaston em seu luxuoso carro; à frente e atrás, carros blindados com vampiros da *Sociedade* nos escoltavam. Não foi difícil convencê-los a irem também; todos estavam apavorados desde o ataque a Robert, e a mansão de Gaston proporcionava uma ilusão de segurança. Aliás, sua casa era um *show* à parte. De fora, parecia um palacete, com ares de modesta sofisticação. Não obstante, a verdadeira casa encontrava-se *sob o solo*. Gaston valera-se de um abrigo nuclear para construir a verdadeira mansão nos subterrâneos de Paris, o que não apenas lhe dava privacidade e segurança, como lhe protegia da desagradável luz solar. Mais que uma casa, era uma fortaleza impenetrável, ou, ao menos, era o que se pensava até o ataque que quase lhe custou a vida em frente ao portão da mansão.

Fomos alojados no mais profundo dos corredores. Faríamos vigília em turnos alternados. Os vampiros d'*A Sociedade* estavam gostando da segurança que aqueles corredores de pedra e madeira pareciam fornecer. Mas eu não conseguia relaxar. Embora houvesse concordado em montar guarda aquela noite, não podia deixar de pensar que era tudo uma grande perda de tempo. O bandido não iria até nós. A paranoia de Gaston estava contagiando a todos!

Com a cabeça quente, resolvi subir para tomar um pouco de ar. Nem bem atingi o piso que dava para os jardins, meu celular tocou, escandaloso. Era Maurice.

– *Salut, professeur!*

– Gabriel, estou há tempos tentando ligar!

– Perdão, estava em um lugar onde não há sinal... Descobriu algo?

– *Oui, mon ami*, descobri. Parece que o brasão pertence...

Não cheguei a ouvir suas palavras; acabara de avistar uma sala com uma grande lareira de pedra, sobre a qual – eu não podia acreditar! – encontrava-se um quadro de elegante moldura com o mesmo brasão do crucifixo.

– Gabriel! Está me escutando?

– Estou, *professeur,* já sei a que família pertence o brasão. Receio que precise agir rápido, alguém está em perigo.

– Mas Gabriel...

– Depois conversamos. Obrigado – desliguei, a despeito de seus protestos.

Se aquele era o brasão da família Deument, fora daquela casa que viera o crucifixo, o que significava que corríamos grande perigo! Gaston tinha razão, afinal, o assassino estava em seu encalço.

VII

Voltei correndo aos aposentos de Gaston, onde todos estavam, e solicitei uma audiência. Contei-lhes minha descoberta e todos ficaram abismados, sobretudo o anfitrião, que, praticamente, tremia. Eu tentava manter a calma, ao menos, aparente.

Gaston, então, pediu a palavra e nos contou que em vida, havia mais de quinhentos anos, fora o segundo filho de um nobre abastado e, por isso, destinado a ser padre. Por ironia do destino, ainda noviço, tornara-se vampiro e herdara a fortuna do irmão mais velho, quando este faleceu sem herdeiros. O crucifixo, que ele nunca mais poderia empunhar, assim como outros pertences pessoais de seu Eu mortal, fora guardado com carinho como relíquia e assim permaneceu até ter sido roubado três semanas antes. O que ele jamais suspeitou é que os crimes estivessem entrelaçados. Depois de tantas revelações, pedi silêncio e expus meu plano.

– *Mes chers amis*, a situação é grave, mas creio que essa coincidência possa nos servir de trunfo. O fato do crucifixo usado para a morte de Henry ter vindo desta casa, significa que o assassino é alguém que a frequenta. Esse infortúnio será nosso triunfo.

Expliquei a todos que fatalmente seríamos atacados pelo assassino, logo o melhor a fazer seria planejar o ataque. Sugeri que fizéssemos uma armadilha, ao que todos concordaram, com exceção de Gaston:

– Você está louco, Gabriel? Quer me usar de isca?

– Calma, Gaston. Você não correrá nenhum risco, estaremos todos escondidos. Quatorze vampiros e um mortal armado. Acha que ele poderá lhe fazer algo?

– No que consiste seu plano? – perguntou cauteloso, sem ceder.

– É algo simples, porém, pode dar certo. Faremos o seguinte: eu e os demais vamos simular uma partida, de modo que todos na mansão pensem que você está a sós. Obviamente, não vamos partir, ficaremos escondidos no telhado, próximos a uma janela qualquer que dê para o aposento onde você estará. Conhecemos o padrão do nosso vilão, ele não escolhe momentos, aproveita-se da primeira oportunidade; creio que tão logo pense que estamos longe, virá atacá-lo. Na verdade, conto com isso. Estaremos a poucos segundos de você e sempre poderá se valer de seus poderes telecinéticos.

– Poderes que o assassino também deve possuir, caso contrário eu teria identificado sua presença quando fui atacado.

– Ainda assim, ele não será páreo para nós, Gaston.

– Está bem. Mas considerando que todos juntos sejamos suficientes para abatê-lo, como vão saber que estou sendo atacado?

– Já pensei nisso. JP vai instalar duas ou três câmeras no aposento e vai monitorá-las. A qualquer sinal de perigo, ele me mandará uma mensagem e entramos pela janela.

Ele pareceu pensativo. O plano não era perfeito, todavia, não parecia oferecer riscos. Mesmo assim, Gaston não iria ceder, percebi pelo pânico em seus olhos.

– Está bem, *mon ami*, ficarei com você – acrescentei.

– Como é?

– Também ficarei de isca. Se esse bandido é tão perigoso como parece, não terá medo de atacar. Aliás, pensando melhor, é provável que ele não esteja sozinho. Ficarei com você.

– Está bem – ele finalmente cedeu –, vamos acabar logo com isso, e que a sorte esteja conosco.

– Sempre me gabei de minha boa sorte, Gaston – concluí com uma piscadela.

***

Como a noite já estava no fim, fomos descansar, alternando-nos em turnos no corredor. Com o cair da nova noite, o plano foi posto em prática. Jean-Pierre instalou três minicâmeras na grande biblioteca do segundo andar, onde havia várias janelas altas. Em seguida, trancou-se em um armário, com seus monitores. Os demais se despediram de nós pouco depois. Restamos, apenas, Gaston e eu no grande aposento.

Ficamos conversando, tentando nos distrair. Gaston contou mais coisas de quando era humano. Contou que fora muito religioso e, por isso, o pai pensara em torná-lo padre. Embora parecesse entretido em contar sua história, era visível seu nervosismo mal disfarçado, entremeado por olhadelas esquivas para as portas e janelas.

Eu também lhe contei um pouco de minha história. Como me tornara um vampiro no começo do século XIX e como continuara como detetive apesar de minha nova condição. Ele já sabia de tudo isso, mas ficamos relembrando velhas histórias e simulando uma longa conversa. O tempo foi passando sem que nada acontecesse; o assunto acabou. Gaston acabou cochilando, a despeito de ainda ser noite; era visível o quanto estava exausto e abalado. Procurando um cigarro nos bolsos, achei o pequeno exemplar de *O Estranho caso de Dr. Jekyll e Mr. Hyde*, que comprara em Amsterdam. Havia me esquecido dele, e, agora, viria bem a calhar. Aquele texto era praticamente um caso policial e me entreteria a pensar no que faria se me deparasse com algo assim.

O tempo passou.

Eu estava de tal forma absorto na novela de Stevenson, que não notei quando um dos criados de Gaston se aproximou. Era um jovem mortal que parecia ter algo importante a falar. Cauteloso, tocou no ombro do patrão, na tentativa de acordá-lo.

O vampiro se levantou sobressaltado. Olhou para os lados com um olhar sinistro e, subitamente, atirou-se em minha direção, assustando-me.

– Gaston, o que houve? – perguntei, ao mesmo tempo em que me afastava de suas mão em garras. Ao invés de me responder, voltou-se para o rapaz e disse com uma voz seca e gutural que eu jamais ouvira:

– Limpe essa sala do mal. Ataque-o!

O jovem pareceu sair de si e, apossando-se de um castiçal, voltou-se contra mim, com ódio nos olhos. Vendo que me encontrava em uma posição delicada, chamei JP com toda a potência de minha voz vampírica.

Gaston, aproveitando-se de meu momento de distração, golpeou-me, levando-me ao chão. Meus miolos teriam sido esmagados naquele instante se vidros não tivessem sido atirados, subitamente, para todos os lados, com o impacto dos vampiros d'*A Sociedade* entrando pelas janelas. O barulho foi tamanho, que em pouco tempo vários dos outros funcionários da mansão estavam entre nós, em meio àquela bagunça esdrúxula.

Todos – vampiros e mortais – olhavam uns para os outros, sem saber, exatamente, onde estava o inimigo. O pânico era total.

Os vampiros da ordem olharam para Gaston e depois para mim, como se esperassem uma explicação. Afinal, haviam ouvido meu chamado, mas não encontravam o inimigo. De qualquer modo, antes que eu recuperasse o fôlego para me manifestar, o dono da casa tomou a palavra, novamente, com aquela voz sinistra, sobrepondo-se a todo e qualquer ruído:

– Ouçam todos! Esta sala está repleta de seres perversos. Precisamos purgá-la! Matem! Matem todos os vampiros! – E acrescentou em voz baixa fazendo eco às palavras do padre morto: *– Preciso trazer luz às trevas. Nenhum monstro pode escapar. NENHUM!*

Diante de suas ordens, todos os humanos se voltaram contra nós. Alguns já estavam mesmo armados, não sabíamos como, e foi uma carnificina. Cruzes e água benta queimaram a carne imortal e tiros foram disparados. Mortais foram atirados pelas janelas e eu só tive tempo de me abaixar e tentar me proteger atrás de uma grande escrivaninha. Nunca fui bom em combate físico ou mental. Minha força estava na palavra, mas não havia como argumentar ali.

Então, tudo pareceu parar. A atenção de todos, isto é, dos que ainda estavam de pé, focou-se em um único ser. Qual não foi minha surpresa quando percebi que o centro das atenções era meu amigo JP, que empunhava sua arma apontada diretamente para a cabeça de Gaston Deument. O vampiro não teve nenhuma chance; em poucos segundos, quatro balas acertaram-lhe. Jean-Pierre só parou quando o *clique* característico do pente vazio se fez ouvir.

O corpo do vampiro caiu, como em câmera lenta, pesadamente no chão, bem onde um pote de água benta se esparramara. As balas por si só não o teriam matado, mas em conjunto com a água, ele não teve chance. Seu grito de dor foi uma das piores coisas que já ouvi. A voz não era mais aquela de poucos segundos antes, era a sua voz de sempre, a voz de Gaston. Que cena! Causa-me enjoos relembrá-la. Sua pele pareceu derreter em contato com o líquido, tornando-se uma massa disforme e repugnante. Pobre Gaston.

Estávamos todos estáticos, fui o primeiro a perceber que os humanos não mais nos atacavam. Assustados, olhavam para o que fora o corpo do patrão e pareciam apavorados. JP olhava para as próprias mãos, incrédulo. Olhei para baixo e vi caído o exemplar de *O estranho caso de Dr. Jekyll e Mr. Hyde*. Voltei-me para meu amigo e sua expressão atordoada me deu a resposta. Finalmente, eu desvendara o mistério. O livro foi a chave: a mudança de voz de Gaston, o padre, o olhar vazio dos mortais, agora tudo fazia sentido, como Dr. Jekyll e Mr. Hyde. Antes, porém, que eu tivesse tempo de dizer algo, um dos vampiros atirou-se sobre Jean-Pierre enfurecido. Agi rapidamente chutando-o no estômago.

– Ficou maluco, Ledoy? Ele matou M. Deument! – resmungou o vampiro caído, massageando a barriga.

– Não percebem? Gaston era o assassino! Ele e seus poderes psíquicos. Ele estava controlando todos os mortais da sala. Ele cavou a própria sepultura quando disse que todos os vampiros deviam ser destruídos. Jean-Pierre não o matou de propósito, foi forçado a isso. Pobre Gaston. Foi vítima de seu próprio passado. Mais do que isso, foi vítima de seu próprio poder. Um poder tão grande que ele jamais pôde compreender.

Percebi, naquele momento, que ninguém além de mim tinha entendido. Ciente de meu triunfo, agachei-me e apanhei o livro de Stevenson.

– Eis a resposta! – Todos continuaram a me olhar com expressões vazias e patéticas. Suspirei. Pacientemente, expliquei que Gaston vinha controlando a mente de mortais e que eram eles os assassinos. Tudo parte de um plano mirabolante de *purgar o mundo*. Eu não sabia dizer como isso começara, mas era evidente que fora isso o que acontecera.

– Mas por que Gaston tramaria a própria ruína?

– Aí está. Não creio que ele tenha tramado coisa alguma, ao menos, não o Gaston que conhecíamos. Lembram-se de que ele passou mal pouco antes do ataque à mansão? De que ele visitara Henry pouco antes de sua morte? De sua paranoia? De seus desmaios? De seu temperamento instável? Gaston insistia enfaticamente que sentia a presença do assassino todo o tempo consigo! Dizia que o bandido queria entrar em sua mente. A verdade, porém, é que o assassino *estava mesmo* todo o tempo em sua mente. Percebem?

Todos me olhavam incrédulos, mas, pouco a pouco, consegui convencê-los.

– Por isso eu disse que a resposta está no livro. Aqui diz: "O homem não é verdadeiramente um, mas verdadeiramente dois"! Eu estava com a resposta em meu bolso o tempo todo!

Novamente, olhares confusos.

– Creio que Gaston tinha algum distúrbio psicológico, dupla personalidade, talvez. Ele foi vítima de seu próprio poder. Seus poderes psíquicos se voltaram contra ele. Tanto se esforçou para aumentá-los que estes devem tê-lo dominado. Não vejo outra explicação. Minha teoria é que a mente de Gaston voltou ao passado, ao tempo em que ele era um mortal e queria ser padre. Ele mesmo nos disse que foi muito religioso quando vivo. Por causa disso, as vítimas eram sempre queimadas por crucifixos e água benta antes de serem decapitadas. Materiais estes disponíveis na mansão, guardados como relíquias. Lembram-se do que ele nos disse? Perceberam o quanto o passado lhe importava? Parece que o padre de outrora voltou para reclamar seu espaço. Essa foi sua ruína. E a resposta estava todo o tempo comigo!

VIII

Três vampiros da *Sociedade* morreram naquele confronto, além de sete mortais. Se minha teoria era verdadeira, jamais descobrimos exatamente, posto que aqueles que poderiam prová-la estavam mortos. Fora, contudo, a única explicação que tivemos. O fato de Gaston ter adormecido e acordado com outra voz e expressão corroborou essa ideia. JP tinha gravado tudo. Além disso, vampiros telepatas da *Sociedade* analisaram as mentes dos mortais e ficou evidente que nenhum deles agira conscientemente. Algo os controlara e só poderia ser Gaston. De toda forma, os assassinatos pararam com a morte do grande vampiro. Afinal, nos últimos tempos, ele não vinha tendo desmaios, seus lapsos de consciência eram simplesmente sua outra personalidade querendo vir à tona.

Em conversa com todos da mansão, descobri que o padre que matara Robert era um amigo de Gaston que tinha acesso à sua casa. O padre, ao que parece, compadecia-se do destino do noviço-vampiro e aceitava ouvir suas confissões, na tentativa de um dia conceder-lhe o perdão divino. Eles se conheciam havia alguns meses. Pelos meus cálculos, os assassinatos começaram pouco depois. Certamente, o passado de Gaston viera à tona com as conversas com o religioso. Talvez a culpa o tenha consumido. Com isso, dei o caso por encerrado. Chegaram ainda a questionar como mortais matavam vampiros com tamanha facilidade, todavia, isso foi fácil deduzir: os assassinos eram sempre funcionários dos vampiros, mortais de confiança que poderiam chegar sorrateiros, durante o dia, valendo-se de um momento de fraqueza. Fosse quem fosse, o Outro Gaston planejara tudo muito bem.

***

A Sociedade cumpriu sua promessa e até me recompensou pelos serviços. Eu tinha agora uma considerável fortuna em minha conta bancária. Quando tudo acabou, no entanto, não pude simplesmente voltar à minha cadeira na delegacia. Policiais haviam sido mortos em meu turno, enquanto eu escapara ileso. Não podia mais colocar os pés lá. Tinha de me mudar. A bem da verdade, a França já não era mais o meu lugar. Mais do que isso, eu sentia que não havia mais lugar para um velho vampiro no Velho Mundo. Eu queria mudar. Para longe. De preferência para onde *A Sociedade* não me procurasse mais.

Despedi-me apenas de Maurice, sentiria falta dele. Para minha surpresa, JP decidiu vir comigo. Ele cumprira sua parte e *A Sociedade* lhe ofereceu como prêmio a imortalidade. Ele a recusou. Queria viver um pouco mais como mortal, aprender mais, conhecer o mundo. Por isso, viria comigo e, quando chegasse a hora, eu lhe daria a vida eterna, se na ocasião ele ainda a quisesse. Só o tempo diria.

Estava seguindo em uma jornada sem destino certo e seria ótimo ter um amigo mortal para me ajudar. Eu só precisava agora de uma nova identidade, um novo nome, um novo visual... *Tolice!* Quando pensei melhor, percebi, afinal, que ainda poderia viver alguns anos como Gabriel Ledoy. Eu gostava daquela identidade, daquele nome, daquela cara. Ainda não seria desta vez que deixaria de ser o Detetive-Vampiro.

Bruno Anselmi Matangrano é bacharel em Letras e mestre em Literatura Portuguesa, pela Universidade de São Paulo (USP), onde atualmente faz seu doutorado. Fascinado pelo século XIX, dedica suas pesquisas às literaturas simbolista, fantástica e policial deste período. Como contista, publicou em diversas coletâneas e organizou algumas outras, além de ter publicado o livro *Contos para uma noite fria*. Vive em meio a seus livros, ouvindo Coldplay, vendo filmes do Tim Burton, querendo ser Sherlock Holmes e tentando entender Mallarmé.

O QUE ACONTECE EM BOTTOWN

Marcelo Augusto Galvão

– Eu preciso que encontre minha esposa, Sr. Hermes – disse o homem afundado na poltrona. Mesmo sentado, notava-se que Bernhard Pasharef era alto, de ombros e torso largos e fortes, e que usava roupas de grife que lhe caíam naturalmente bem.

Mas Simón Hermes sabia que não havia nada de natural em Pasharef, a começar pelo rosto de traços tão harmoniosos que só podiam ter sido esculpidos artificialmente. Sim, pois com o corpo que parecia um triângulo invertido, Pasharef era um produto óbvio de bioengenharia pré-natal; os pais provavelmente pagaram o serviço em várias parcelas mensais, investindo no futuro do garoto ao alterar também seu QI e a capacidade cognitiva.

O investimento compensara: uma pesquisa pela iNet mostrava que Pasharef era um *biodesigner* com pós-graduação em Administração, que se tornou, em pouco tempo, alto executivo de uma empresa bem cotada na bolsa de valores de Marte. Ganhava o suficiente para viver numa casa luxuosa na capital Rubrum Valle, com a paisagem marciana sendo terraformada por trás do domo transparente que protegia o bairro.

Mas a vida não era feita só de trabalho.

– Ela é a coisa mais importante que tenho – Pasharef continuou, o desespero infiltrando-se na voz, após contar ao outro homem seu primeiro encontro com Lena Aitken Pasharef, os anos de casado, e o sumiço dela no dia anterior, sem deixar pistas.

Sentado confortavelmente no sofá, Hermes estendeu o braço para pegar, na mesa de centro, um tríptico digital abarrotado com as cenas da vida do casal. Não havia dúvida que a jovem também fora bioengenhada, aquele corpo voluptuoso de cintura tão estreita lembrando o contorno de uma ampulheta. Tinha o cabelo negro e curto, uma franja que chegava quase aos olhos azuis e um sorriso de dentes brancos e alinhados que combinava com o do marido-triângulo.

O sofrimento daquele homem, Hermes concluiu, era natural.

– No desaparecimento de uma pessoa, o comum é avisar a polícia. Por que me chamou?

– Presenciei como investigou o caso de espionagem industrial onde trabalho. – Ele encarou Hermes que, por sua vez, assentiu, recordando-se da complexa trama que resolvera em poucos dias no semestre anterior. – Eu prezo a privacidade da minha família e isto é algo que polícia não pode me garantir. No mundo corporativo, uma pequena indiscrição arruína carreiras promissoras.

A porta da sala deslizou; o criado da casa, usando um uniforme negro, trazia uma bandeja com café, chá e biscoitos. O logotipo na testa azulada era de uma empresa famosa pelos *biobots* de alta qualidade, o que não surpreendia o investigador particular: do tapete no qual pisava até o chá verde que bebericava, tudo ali era novo, caro e de bom gosto.

– Qual é a rotina da sua esposa?

– Lena é artista plástica. Ainda não temos filhos, por isto passa a maior parte do tempo em seu ateliê no centro da cidade, enquanto estou na empresa. Nossos trabalhos consomem boa parte do dia, mas nos vemos no início da manhã e pela noite. Nos finais de semana, saímos para passear, jantar e praticar esportes.

Pasharef tomou um gole demorado do café, antes de continuar.

– Ontem cheguei tão cansado que fui dormir sem nem mesmo comer. Só pela manhã, quando Mann – ele apontou para o robô que saía – avisou que Lena não havia retornado, é que fiquei realmente preocupado. Tentei localizá-la pelo seu *simbiophone*, mas me lembrei que ela o deixa desconectado no ateliê para "não perder o foco na inspiração", como sempre diz. Não a encontrei trabalhando e comecei a me desesperar, chegando a buscar em hospitais e no necrotério. Mas estou no meio de um projeto importante e preciso me concentrar nele. Foi quando decidi que era melhor buscar um profissional.

– Ela tem algum parente ou amigo a quem poderia recorrer no caso de algum problema?

– Lena só tinha os pais e ambos morreram durante a faculdade. Entrei em contato com as amigas mais próximas e perguntei, disfarçadamente, se sabiam do paradeiro dela, mas o desconheciam.

Hermes curvou o corpo na direção do seu novo cliente.

– Ela teria alguma razão para sair de casa e não retornar? Como uma discussão recente entre vocês que ainda não esfriou, por exemplo?

– Raramente discutimos nesses dois anos de casamento.

– Existe algo mais que eu deva saber, algum detalhe que se esqueceu de mencionar, como um inimigo ou uma ex-namorada rancorosa?

Pasharef passou a mão pelos cabelos loiros.

– Nada que me ocorra no momento.

O investigador voltou a se encostar no sofá. O que tinha de concreto era que o *simbiophone* da senhora Pasharef continuava desligado e o último contato entre marido-triângulo e esposa-ampulheta fora havia quase vinte e quatro horas, o que significava que um tempo precioso passara: a mulher poderia agora estar tanto numa das mansões de Bradbury Hills como num dos cubículos habitacionais de BOTtown.

Viva ou morta.

***

As duas serpentes verdes se contorciam ao redor do coração vermelho pulsante, os quatro pontos negros que eram seus olhos encarando Simón Hermes. Com curiosidade, ele se aproximou para observar como as escamas dos répteis brilhavam sob a luz no ateliê de Lena Aitken, o nome com o qual a senhora Pasharef assinava artisticamente. O lugar ocupava um andar inteiro de um prédio alto no centro da capital marciana. As paredes cobertas por janelas enormes revelavam a cidade lá embaixo e o horizonte avermelhado em transformação. Telas dos mais diversos tamanhos e esculturas holográficas – como aquela das serpentes e do coração – se espalhavam pelo local.

– Madame Lena é uma artista de renome – Mann dissera meia hora antes, vestindo luvas e um macacão branco sobre o uniforme. – Suas obras estão expostas em salões e integram coleções particulares tanto em Marte como na Terra.

Apoiado numa árvore da propriedade dos Pasharef, Hermes vira o empregado podar as rosas azuis que decoravam os canteiros enormes do jardim. Seus movimentos com a tesoura eram precisos, algo aprendido nos noventa dias de maturação no laboratório onde fora "fabricado"; tinha centenas de habilidades gravadas no cérebro artificial, assim como os de outros modelos biossintéticos. Saíam de lá com o mesmo corpo esguio desprovido de qualquer tipo de pelagem, prontos para servirem a uma elite pelos restos de suas vidas úteis de cerca de meia década. Exceto se fizessem parte do Lote 23, o que não era o caso de Mann.

– Madame sai para o ateliê todos os dias às nove da manhã e retorna às sete. Também é convidada com frequência para *vernissages*.

– Da última vez que a viu, notou algo estranho no comportamento dela?

– Tive a impressão de que estava nervosa. Na realidade – Mann parara de podar –, há algumas semanas que madame se encontra nesse estado. Não sei a razão, mas ela até deixou seu *hobby* de jardinagem aos meus cuidados.

Hermes olhou em volta, vendo a grama aparada e flores regadas, detendo-se em um canteiro coberto de ervas daninhas.

– Aquele canto é de responsabilidade exclusiva do patrão Bernhard. – O robô logo tratara de explicar: – Para passar mais tempo com madame Lena, ele dedicou algumas horas ao mesmo *hobby*, mas resolveu suspendê-lo, visto que é um homem muito ocupado.

– Já percebi. – O investigador se lembrara de como Pasharef saíra correndo para uma reunião de negócios – "empresa", "trabalho", "ocupado" eram palavras sempre constantes no vocabulário do executivo.

Algumas das esculturas e telas no ateliê estavam inacabadas, pedaços espalhados por todos os cantos, o que deixava o ambiente num completo caos. Hermes verificou cada obra com a paciência de quem monta um quebra-cabeça de peças minúsculas, até notar um tema comum nelas: as serpentes e o coração se repetiam, assim como desenhos intricados em que cruzes pequenas, linhas curvas e círculos se misturavam. Aquele material não constava na pesquisa que fizera sobre Aitken na iNet após ser contratado pelo marido; pelo jeito, seria necessária uma busca mais completa. O investigador fixou o olhar em três das esculturas e ordenou que o *simbiophone* as comparasse com alguma imagem existente pela iNet.

Enquanto esperava pelo resultado, Hermes se aproximou da janela, observando o tráfego de milhares de marcianos pelas avenidas planejadas da capital. O reflexo dos cabelos negros, o nariz aquilino e a pele amendoada deles se misturavam com a paisagem vermelha que aos poucos cedia ao verde. Se as estimativas estivessem corretas, a quarta e última fase da terraformação estaria completa em um século, tornando Marte o lar definitivo para humanos e *biobots*, sem precisar mais dos domos que cobriam diversas áreas e davam forma à Rubrum Valle.

Um *flash* brilhou no canto do campo visual do investigador. A pesquisa estava concluída.

Vévé.

Era a palavra que o *simbiophone* destacava; em seguida, mostrou uma comparação entre a escultura e o tal *vévé*, um símbolo sagrado nos rituais da religião vodu. Não só isso: uma "L. Aitken" assinara recentemente o livro virtual de visitas de um templo voduísta em BOTtown.

Hermes tentou conciliar a ideia de uma artista renomada como Aitken com a imagem do labirinto de vielas que dava vida ao lugar mais perigoso de Marte.

Não conseguiu.

Precisava descobrir qual era o interesse de Lena Aitken em um velho culto religioso da Terra.

***

Se fosse observado por um satélite, o bairro de BOTtown não passava de uma mancha escura espalhada pela superfície vermelha – e cada vez mais verde e azul – do planeta. Para algumas pessoas da elite econômica de Rubrum Valle, aquele gueto era uma mácula na sociedade marciana e o retrato do fracasso.

Antes do bairro se tornar conhecido pela sujeira nas ruas e pelos problemas sociais, Simón Hermes havia passado parte da vida ali. Não foi à toa que achou rapidamente o templo, enquanto um forasteiro se perderia facilmente, sem falar que perderia também seus pertences e, talvez, a vida. A noite caía quando estacionou o sedã perto do enorme galpão verde, com a entrada vigiada por câmeras de segurança. Um letreiro no alto informava que ali era o *Ounfò de Mama Zoë*. Obviamente, *ounfò* era o nome dados aos templos vodus.

– O *vodoun martien* parece ser uma religião nova – disse Mama Zoë, a sacerdotisa que recepcionara o investigador na entrada do galpão –, mas sua existência data da chegada dos primeiros colonos terráqueos em Marte. Atualmente, combina o melhor do vodu haitiano, santería cubana e candomblé brasileiro em um só culto.

Hermes concordou para fingir o interesse no *upgrade* espiritual que apenas o culto poderia fornecer, conforme anunciava um comercial na iNet. Até o momento, encontrara um salão decorado com plantas, flores e gravuras em 3D de *vévés*, tanto nas paredes como no chão batido de terra vermelha. No centro do templo, erguia-se um mastro verde de cerca de três metros, uma serpente e um arco-íris desenhados na sua superfície.

– É bom ver alguém que tenha deixado o preconceito de lado, pois os seguidores do vodu original sofreram muito na Terra. Foi uma época difícil, quando eram considerados adoradores do mal, que sacrificavam animais indefesos e transformavam pessoas em zumbis. – Mama Zoë balançou a cabeça coberta por um lenço azul, antes de continuar: – Mas isto é passado. O vodu sempre teve a capacidade de se adaptar e sobreviver, e não seria diferente em Marte. Os tempos são de mudança e, da mesma forma que o planeta está se convertendo em um lugar completamente habitável, nosso objetivo é transformar o marciano em uma pessoa melhor, tanto que aqui não fazemos distinção entre humanos e os nossos irmãos do Lote 23.

A mulher olhou para uma dupla de *biobots* que batucava em alguns tambores, tentando afiná-los; ambos vestiam túnicas brancas e tinham o número romano XXIII gravado no meio das testas.

A sacerdotisa apontou para o mastro.

– A função do vodu é ajudar o praticante a achar o seu papel no mundo. Este é o *pouteau-mitan*, a ponte entre o mundo físico e o espiritual habitado pelos *loas*, os espíritos que servem de intermediários entre a humanidade e o Criador. É aqui que eles se manifestam aos seus seguidores, possuindo seus corpos e ajudando-lhes a solucionar problemas. A serpente representa Dambala, o pai de todos os *loas*, enquanto o arco-íris é Ayda Wedo, sua esposa.

O *simbiophone* de Hermes registrava a explicação, assim como o ambiente ao redor. Foi quando viu uma tela pendurada na parede com uma assinatura que já conhecia.

– Lena Aitken é uma artista muito talentosa – Mama Zoë sorriu, vendo o interesse do investigador. – Depois de enfrentar um grave problema de saúde, decidiu que precisava de auxílio espiritual e nos procurou. Em algumas semanas, ela melhorou com a ajuda de Erzulie Mas, a *loa* da beleza e das artes – e apontou para a pintura de uma figura feminina de pele escura, coberta com um manto azul e joias douradas, segurando nos braços uma criança também negra.

– É uma obra impressionante. – Hermes falava a verdade. Havia um ar de voluptuosidade na mulher retratada e, ao mesmo tempo, de maternidade. – Gostaria de parabenizá-la pessoalmente. Ela vem hoje ao culto?

– Infelizmente, não. Lena participou da cerimônia de ontem e nos comunicou que viajaria amanhã por tempo indeterminado, mas que será eternamente grata pelo que Erzulie fez. Sentiremos muito a falta dela e do senhor Kim, o amigo que a introduziu ao nosso *ounfò*.

Hermes conversou por mais alguns minutos, tentando obter informações adicionais, e se despediu da sacerdotisa. Enquanto voltava para o sedã, lembrou-se de que Pasharef não mencionara homens no pequeno círculo de amizades da esposa e nem qualquer doença grave que a tivesse afligido.

Precisava falar com ele. Hermes ordenou que o *simbiophone* contatasse o cliente; a resposta automática do dispositivo de Pasharef informou que seu dono estava em reunião, retornaria a ligação assim que fosse possível.

O investigador tamborilou os dedos no volante do veículo, soltando um suspiro prolongado de enfado. Foi quando viu mais uma vez as câmeras de segurança na entrada do galpão. Aparelhos como aqueles eram comuns em um lugar perigoso como BOTtown, registrando tudo o que ocorria nas ruas.

Assim como quem entrava e saía de um local.

Obter dados sem permissão através de *simbiophones* era um crime grave, Hermes bem sabia. Ele encolheu os ombros. Cinco minutos depois, já acessava o sistema de segurança e as imagens ainda armazenadas nele. Entre centenas delas, só uma lhe interessava.

Lá estava uma bela mulher com contorno de ampulheta, vestida de branco da cabeça, enrolada em um turbante, aos pés, em sandálias de salto baixo. Lena Aitken deixava o templo de braços dados com uma figura masculina de pele bronzeada, cabelos lisos e grisalhos caindo sobre a testa, e óculos escuros que lhe cobriam metade do rosto. Aquele devia ser o tal Kim mencionado pela sacerdotisa.

Sentado no sedã, Hermes analisou a imagem por algum tempo. Algo estava errado com o sujeito e, depois de tantos anos em BOTtown, ele pensou descobrir o que era. Pediu ao *simbiophone* para ampliar no máximo possível a face de Kim.

E lá, quase escondida pelos cabelos, ele viu a inscrição gravada em numeral romano: **XXIII**

A mulher do seu cliente era amiga de um *biobot* do famigerado Lote 23.

***

Trinta anos antes, as pessoas pensavam que nada mais poderia surpreendê-las depois que os robôs começaram a fazer parte do seu cotidiano.

O Lote 23 lhes mostrou que estavam erradas.

Ao invés dos usuais noventa dias para a "gestação" – o período mínimo em que eram criados e alcançavam a idade biológica de vinte e um anos –, a BOTCorp prometia *biobots* pela metade do tempo. Afirmava que os modelos daquele lote revolucionário tinham um cérebro sintético com maior capacidade de processamento, ampliando enormemente as funções que poderiam exercer. Além disso, havia a possibilidade de biomodificações corporais ao gosto do comprador, permitindo a criação de robôs personalizados.

Graças ao *marketing* agressivo, milhares de exemplares foram encomendados na fábrica da empresa, instalada em um bairro pouco valorizado de Rubrum e que também servia de alojamento para os funcionários e suas famílias. Doze mil *biobots* logo estavam nas ruas, trabalhando em casas, hospitais, fazendas, estações espaciais na Terra, Lua e Marte, ao mesmo tempo em que BOTtown – o apelido que a região recebera – se expandia.

Então surgiram as primeiras reclamações, com relatos de unidades que se recusavam a cumprir ordens e discutiam com seus patrões, demonstrando uma inteligência nunca encontrada em outros modelos. Quando um dos *biobots* rebelados feriu gravemente seu mestre, alegando que "não era escravo para aguentar abusos", a situação piorou: o pânico se espalhou, as ações da BOTCorp despencaram e um *recall* foi anunciado para correção da falha.

Nesse meio tempo, uma organização de proteção de direitos civis – que já alegava, desde a época dos primeiros robôs de inteligência rudimentar, a proteção especial deles pela lei – demonstrou judicialmente que aquelas unidades, além de inteligentes, tinham emoções. E mais: não eram presas à expectativa de vida de cinco anos como os *biobots* de outras marcas; pelas provas apresentadas, elas poderiam viver infinitamente.

O defeito era mais grave do que se pensava.

Ante a polêmica, a empresa cancelou o projeto; foi uma questão de dias para que declarasse falência, deixando nas ruas centenas de funcionários desempregados. Os *biobots* do Lote 23, sem qualquer tipo de dono, bem que tentaram se inserir na sociedade, mas a desconfiança de boa parcela era enorme. O único lugar onde poderiam viver era BOTtown ao lado de humanos – alguns, ex-empregados da BOTCorp; outros, colonos que não conseguiram prosperar e que, sem recursos para retornar à Terra, ficaram pelo bairro. Ali, aprenderiam a sobreviver com muito custo, protegendo-se do preconceito e trabalhando em subempregos; criariam uma cultura própria, ao mesmo tempo em que as condições sociais da região se deterioravam.

Simón Hermes agora bebericava o *bloody mars* numa mesa do seu bar preferido em BOTtown. A clientela àquela hora da noite era composta por marcianos humanos e 23s. Estes, diferentes dos *biobots* "comuns" das outras empresas, se vestiam com um estilo similar ao dos humanos, mas acrescentando biomodificações que seus corpos sintéticos permitiam, como cabelos, tatuagens holográficas, implantes subdérmicos, alteração na cor da pele etc. Era uma tentativa não só de impor sua personalidade como também de criar uma cultura própria para descobrir seu lugar em Marte e, principalmente, mostrar que eram iguais aos antigos mestres.

Mas a ideia nem sempre funcionava e, ao invés de reproduzir as virtudes, repetiam os vícios da sociedade que os abominava. Hermes via um exemplo ali perto, com três *biobots* no outro lado da rua em trajes minúsculos, os corpos alterados por modificações baratas que arremedavam seios volumosos e nádegas largas de forma grotesca, se exibindo para um veículo com humanos dentro e combinando um programa sexual. *O que acontece em BOTtown, fica em BOTtown* era uma frase bem conhecida no sistema solar e, para alguns humanos exaltados, significava permissão para usar e abusar dos robôs.

– Mais um? – O garçom se aproximou para retirar a taça vazia sobre o balcão. Os músculos hipertrofiados e reluzentes dos braços se destacavam na camiseta justa, uma espécie de aviso aos inevitáveis encrenqueiros marcianos que procuravam briga por ali.

Hermes concordou, em silêncio. Quando chegava a um beco sem saída durante um trabalho, gostava de se refugiar naquele bar para clarear os pensamentos. E, no momento, sua única pista concreta era o fato de Lena Aitken ser amiga de um 23 conhecido como Kim; em um bairro enorme – praticamente uma cidade – como BOTtown, isso não ajudava. Enquanto aguardava a bebida, observou as nuvens cinzentas que se formavam fora do domo. Chuvas violentas eram comuns devido à terraformação, ainda que o investigador, assim como outros marcianos criados a vida inteira sob a cúpula, nunca tivesse presenciado pessoalmente o fenômeno.

O novo *bloody mars* chegou no mesmo instante em que o símbolo de uma sineta piscou no canto do campo visual de Hermes.

Era Bernhard Pasharef.

– Alguma notícia? – A campainha foi substituída pelo avatar do cliente, um modelo avançado o suficiente para expressar de maneira bem convincente a ansiedade do executivo.

Hermes tomou um gole do drinque vermelho antes de subvocalizar a pergunta.

– Por que não me contou que ela esteve doente?

O avatar de Pasharef baixou os olhos por um segundo e engoliu em seco.

– Lena começou a ter problemas de saúde quando aceitou várias encomendas e se viu, de repente, sem nenhuma inspiração. O resultado foi um colapso nervoso e a recomendação médica de repouso absoluto por duas semanas. Na mesma época, tirei minhas férias forçadas e inventei que estávamos em um cruzeiro. Achei melhor ninguém ficar sabendo, pois... – ele encolheu os ombros. – Bom, isso poderia prejudicar minha promoção.

Hermes não se surpreendeu, vindo de um sujeito tão preocupado com sua imagem no trabalho. Então, contou sobre o vodu, o *ounfó* e Kim.

– Desconheço quem seja este *biobot* – Pasharef disse. – Você acha que ele teria algum tipo de relacionamento – as palavras seguintes saíram hesitantes – mais profundo com Lena?

Hermes quis sorrir, mas sabia que seu avatar – ainda que não tão moderno quanto o do cliente – replicaria o gesto no *simbiophone* do outro homem. O investigador conhecia alguns *affairs* entre humanos e 23s, também chamados pela literatura médica de robofilia: pessoas que se envolviam emocionalmente com aqueles *biobots* especiais, tornavam-se amantes, compravam presentes e biomodificações para facilitar os "relacionamentos mais profundos", já que os robôs eram desprovidos de genitálias e sistema reprodutor.

– É cedo para afirmar, senhor Pasharef – Hermes foi sincero. – Talvez ele esteja por detrás do sumiço.

– Acha que a raptou para conseguir um resgate? Se este é o motivo, eu tenho dinheiro.

– É uma possibilidade. De qualquer modo, ainda tenho muito em que trabalhar – e, dizendo isto, se despediu do executivo. Sem qualquer outra pista importante, precisava revisar todas as informações que havia juntado sobre o caso. Com a ajuda do *simbiophone*, reviu as entrevistas com o cliente e o seu empregado, as visitas ao ateliê e ao *ounfò*, a imagem de Aitken e Kim, a explicação de Pasharef sobre a doença da esposa.

Muito trabalho e nenhuma inspiração no ateliê, foi o que ele dissera. O investigador franziu a testa, lembrando-se da fala da sacerdotisa e da tela da exuberante Erzulie Mas, os olhos negros e penetrantes a encará-lo em um misto de candura e lascívia. Pediu uma pesquisa rápida na iNet e ficou sabendo que a *loa* era também o espírito protetor das mulheres, do sexo, da maternidade e do amor, gostava de bijuterias, perfume e doces como oferendas, e habitava as águas dos rios e lagos, onde os seguidores sempre prestavam homenagens às terças e quintas-feiras, seus dias de adoração.

A sacerdotisa dissera que Lena Aitken seria grata eternamente à *loa*, significando que ela continuaria a venerá-la.

E se não fosse no *ounfò*, teria que ser em outro lugar.

Quando criança, Simón Hermes gostava de nadar em um lago na periferia de BOTtown. Era lá que sua família costumava passear na época em que o pai ainda tinha um emprego na BOTCorp – o sol refletindo na superfície cristalina, os peixes e plantas aquáticas na parte rasa daquele corpo d'água criado artificialmente.

E o local perfeito para uma cerimônia religiosa numa terça-feira.

***

Lago Schiaparelli. Era o que placa enferrujada informava no fim da estrada esburacada, e foi perto dela que Hermes estacionou o sedã.

O lugar havia mudado bastante nos últimos anos, acompanhando a decadência do bairro. Lixo se espalhava ao redor do lago, mesclando-se ao mato que crescia no solo. O local parecia deserto, mas já que a extensão do lago era grande, Hermes teria que procurar sem pressa qualquer atividade nele.

Minutos depois, viu algo brilhando no lado sul.

Ele se aproximou com cautela. A fonte de luz era meia dúzia de velas acesas, fincadas à margem da água escura; a poucos metros delas, uma pessoa se banhava no lago.

Era Lena Aitken, o investigador não tinha dúvida, ainda que ela estivesse de costas e sem qualquer peça de roupa sobre o corpo voluptuoso.

– Fique parado aí ou eu arrebento a sua cabeça – a voz do homem se originou por detrás de Hermes, que a obedeceu de imediato. Aitken interrompeu o banho e saiu da água.

– Quem é você? – Em contraste com o tom grave e urgente do outro sujeito, a voz dela era doce, quase um sussurro.

– Meu nome é Simón Hermes e fui contratado por seu marido – ele disse, vendo a mulher caminhar sem pressa, os quadris largos gingando a cada passo dado. – Ele quer que você volte para casa.

Aitken encarou o investigador por um segundo, antes de gargalhar como se Hermes tivesse contado a piada mais engraçada do sistema solar. O homem atrás dele teve a mesma reação.

E então a esposa do cliente se aproximou; a luz das velas iluminava a perfeição bioengendrada dos seios exuberantes e a firmeza do ventre e coxas do corpo perfeito.

– Tenho uma má notícia, Sr. Hermes. Eu não sou Lena Aitken.

***

Três dias antes, Lena Aitken descobrira que não era ela mesma.

A mulher já desconfiava que algo estava errado. Sabia que era uma artista renomada, mas não conseguia inspiração para qualquer uma de suas obras no ateliê. Sua cabeça doía toda vez que pensava na vida e, principalmente, nos acontecimentos de meses anteriores, quando tivera um colapso nervoso, conforme o marido lhe contara.

– Minhas lembranças anteriores ao tal incidente eram confusas – ela agora dizia, envolta num robe. Ao seu lado, Kim segurava a barra de aço com que ameaçara Hermes. O investigador, sentado sobre uma rocha, escutava tudo com interesse. – Eu tinha conhecimento de que meus pais morreram, de que havia namorado e casado com um homem de carreira promissora, de que gostava de mexer no jardim com ele.

Nas raras vezes em que tocava no assunto com o marido sempre ocupado, este lhe assegurava que aquilo não devia ser nada demais; além disso, revolver tal assunto poderia levá-la a um colapso. Mas isto não era o bastante para Lena: nos momentos de confusão, em que ficava dividida entre o desejo de lembrar e o medo de uma nova crise de loucura, ela chorava no silêncio do ateliê.

Um dos faxineiros do prédio a viu naquele estado e se aproximou. Fragilizada e sem ter a quem recorrer, ela acabou fazendo amizade com

Kim, ao lhe relatar seus problemas. O 23 a escutou e fez-lhe um convite: visitar um templo religioso que frequentava e tentar ajuda espiritual. Tomada pelo desespero, ela aceitou.

– E lá encontrei não só a paz, mas também descobri o que havia acontecido comigo, graças à Erzulie Mas.

No dia seguinte a um culto em que fora possuída pela *loa* protetora das mulheres, a artista voltou ao ateliê com a cabeça doendo e desabou inconsciente.

– Quando acordei, lembrava-me de tudo e sabia quem eu era na verdade. – E dizendo isto, afastou a franja negra do rosto.

Hermes observou os traços sutis no centro da testa: um numeral romano que retornava devagar ao seu formato original – havia sido desenhado pela BOTCorp para ser indelével, ainda que existissem caras biomodificações cosméticas que o apagavam por algum tempo.

– Você foi alterada para se passar por Aitken – Hermes franziu os olhos, confuso – e teve a memória modificada por um especialista em *biodesign*. Alguém como Bernhard Pasharef.

A *biobot* concordou. O que sobrara da sua memória original lhe dizia que fora uma prostituta de rua, raptada meses antes pelo executivo.

– Por que ele fez isso?

Ela encolheu os ombros.

– Não sei. E, para ser sincera – Hermes viu a pele de seus braços se arrepiar –, tenho medo de saber. Esta é a razão pela qual eu estou indo embora. Quero voltar ao meu antigo corpo e começar uma nova vida.

Uma nova vida. Sim, Hermes entendia o anseio da 23, o que explicava o sumiço.

Porém, uma questão ainda não fora respondida.

***

– Onde está Lena Aitken? – foi a primeira coisa que Simón Hermes disse ao ver seu cliente. O executivo encontrava-se de pé, esfregando uma mão na outra, um gesto que repetia desde que o investigador informara que precisava vê-lo pessoalmente uma hora antes. Era quase meia-noite e os dois homens estavam frente a frente na ampla sala da residência dos Pasharef; lá fora, as árvores e os canteiros de flores do jardim eram iluminados pelos relâmpagos contínuos das nuvens.

Pasharef levantou uma sobrancelha.

– Ora, você foi contratado para encontrá-la. Por que a pergunta?

– Eu achei Scilla Six. – A menção ao nome pela qual a prostituta 23 era conhecida nas esquinas de BOTtown fez o cliente erguer as mãos como se precisasse se defender de um soco.

– N-não tenho ideia de quem sej...

Hermes avançou, pensando que, por mais que a tecnologia de bioengenharia fosse avançada, ainda não havia conseguido fabricar um humano que mentisse com perfeição.

– Você não queria a polícia envolvida, temendo que descobrissem algo incriminador. Como o rapto de um *biobot* 23.

– Pensando bem, seus serviços não são mais necessários – Pasharef disse, enquanto recuava até se encostar a uma das paredes. – Saia imediatamente da minha propriedade.

E apontou com a mão trêmula a saída da residência.

Hermes encarou os olhos azuis do outro homem e percebeu as pupilas dilatadas de medo. Mas não só isso: o ex-cliente lançava olhares preocupados para a porta de vidro que levava ao jardim de árvores frondosas e canteiros enormes. Estes, o investigador se recordou, eram cuidados por Mann após terem sido abandonados pela falsa Lena Aitken.

E por Pasharef também. E, ao contrário dos outros canteiros, o dele era o único impregnado de mato e ervas daninha.

Um pensamento cruzou a mente de Hermes. Ele se voltou na direção da porta de vidro e entrou no jardim; em um canto, havia um armário de metal e, dentro dele, entre várias ferramentas de jardinagem, uma pá. Hermes a agarrou e caminhou até o canteiro que deveria estar aos cuidados de Pasharef, que naquele momento parecia chocado demais para impedi-lo.

Ao fincar a pá na terra, ele torcia para que seu palpite estivesse errado.

Mas, quando o primeiro osso despontou, iluminado por um relâmpago, Hermes concluiu que estava certo.

***

Raramente discutimos nesses dois anos de casamento.

Hermes se lembrou da frase enquanto presenciava a confissão de Bernhard Pasharef ante às evidências reunidas. Uma discussão irritante de como ele não dava atenção à esposa, devido ao trabalho, fora a origem do crime; ao perder a calma, empurrara Lena Aitken contra a parede, sua cabeça chocou-se com força, o que acabou por matá-la.

– Acidentalmente – enfatizou o advogado que o acompanhava na delegacia.

A carreira de alto executivo, construída a tanto custo, estava em risco se a morte da esposa fosse descoberta. Desesperado, enterrou o corpo no jardim, sabendo que o criado não mexeria no canteiro. Mas restava uma questão: como explicar o desaparecimento de Lena?

A única solução seria substituí-la por alguém.

Ou algo.

Ele se decidiu, então, pelo sequestro de um 23 – afinal, quem sentiria falta de um daqueles *biobots*, ainda mais uma prostituta de BOTtown? Usando seu talento como *biodesigner* e as férias devidas como desculpa, levou o robô ao ateliê, onde, pelas duas semanas seguintes, o modificou até transformá-lo em Lena Aitken.

Tudo para manter as aparências, à custa da sanidade mental de um *biobot*.

– É apenas um robô – Pasharef encolheu os ombros.

Ao deixar a delegacia horas depois, Simón Hermes foi atraído pelo som que lembrava o dos tambores no *ounfò*: era a tempestade açoitando os domos da capital marciana. Por um momento, desejou que a chuva violenta arrebentasse a cúpula e inundasse a cidade, em um dilúvio que livrasse Rubrum Valle de pessoas como o ex-cliente e outros iguais a ele, sem respeito à vida humana ou robótica.

Mas ainda demoraria muito, muito tempo para a cidade sentir a chuva.

Marcelo Augusto Galvão lê, escreve e reescreve ficção fantástica e criminal. Tem contos publicados nas antologias *Imaginários*, *Os Anos de Ouro da Pulp Fiction Portuguesa*, *Sherlock Holmes – Aventuras Secretas*, *Space Opera*, *Caminhos do Fantástico*, *Sagas*, *Retrofuturismo*, *Mundos Distantes* e *Ascensão de Cthulhu*. Visite seu blog: www.galvanizado.wordpress.com.

INJUSTIÇA

Luis Eduardo Matta

Aposentar-se cedo, a princípio, pode parecer uma boa ideia, mas, na verdade, é um erro. Ainda mais quando se é divorciado e os filhos moram do outro lado da cidade, criados por uma ex-mulher histérica que dedicou sua vida pós-casamento a incutir neles um repúdio ao pai. Joaquim Cardoso sempre se perguntava quais aberrações Clotilde inventara sobre ele a ponto de os filhos jamais o terem procurado.

A separação acontecera havia treze anos. Na época, o filho mais velho tinha sete e a caçula, cinco. Eram adultos agora e Joaquim nada sabia deles. Por duas vezes chegara a procurá-los, mas Clotilde o repeliu com violência, afirmando que o mataria caso ele voltasse mais uma vez.

Apesar de sentir uma falta sufocante dos filhos, Joaquim não insistiu mais. Ele não tinha nenhuma dúvida de que ela era desequilibrada o bastante para cumprir a ameaça. Antes mesmo da separação, Clotilde já apresentava sintomas de um sério problema psicossomático, que só não a incapacitara totalmente por causa das pílulas que ela tomava todos os dias. A doença evoluía apesar de todo o tratamento e, num gesto covarde, Joaquim pedira o divórcio. Ela nunca o perdoaria.

Essa era mais uma culpa que o atormentava, como se já não bastasse o crime que cometera, cujo remorso o sufocava diariamente. Por causa dele, Joaquim fora acometido por uma sequência de moléstias: arritmia cardíaca, úlcera gástrica e, finalmente, uma isquemia quase fatal que o incapacitara para a tensão do trabalho no tribunal. Joaquim acabou aposentado por invalidez. Agora, aos cinquenta e três anos, estava sozinho na sala anexa à lotérica vizinha ao seu prédio, acompanhando as corridas no *Jockey Club* pela TV presa à parede.

A tarde arrastava-se preguiçosamente. Joaquim começava a sentir os olhos pesados pela monotonia. Talvez fosse melhor voltar para casa e tirar um cochilo. Sua vida, ultimamente se resumia a isso: dormir, descer até a lotérica, beber uma cerveja no boteco ao lado, voltar para casa, cochilar, assistir a jogos de futebol na TV, engolir alguma comida requentada... O momento mais empolgante da sua existência possivelmente era a ida mensal ao banco para receber sua aposentadoria e fazer alguns pagamentos. Nem as apostas nos cavalos o emocionavam mais. Mesmo porque ele raramente ganhava alguma coisa.

A que ponto chegara...

Joaquim ia se levantar para ir embora quando viu uma mulher vistosa entrar na sala. Na verdade, mais elegante do que bonita. Vestia um conjunto de calça e casaco escuros, usava joias discretas e tinha o cabelo bem arrumado. Ela sorriu para ele e se aproximou.

– Boa tarde. O senhor é Joaquim Cardoso, não é?

Joaquim tentou reconhecê-la. Sim, ele já a vira antes. Mas... quando?

– Meu nome é Eliza Monroe – ela o cumprimentou com um aceno de cabeça. – Sou advogada de sua ex-mulher, Clotilde Magalhães.

Joaquim alteou uma sobrancelha, ressabiado.

– Aconteceu alguma coisa com ela?

Eliza contraiu os lábios.

– Sim. Ela não está nada bem. O senhor sabe que ela sofre de depressão. É uma doença terrível, que vai e volta, vai e volta... E, no caso dela, volta sempre mais forte do que vai. Ela teve uma crise forte na semana passada, chegou a ser internada, mas já está em casa.

Joaquim sentia pena da ex-mulher. Apesar de tudo, queria ajudá-la – isso, naturalmente, se Clotilde aceitasse a sua ajuda, coisa que ele sabia que ela jamais faria. Seja como for, não entendia o que aquela advogada estava fazendo ali.

– Estive no seu prédio e me informaram que o senhor estaria aqui – Eliza completou, como se pretendesse vencer alguma desconfiança de Joaquim em relação à sua presença. Não era segredo para ninguém que o conhecia que ele batia ponto todas as tardes naquela sala na lotérica.

– Entendo.

– O senhor deve estar achando estranho que eu tenha vindo procurá-lo, mas é que a situação é muito séria. A doença da dona Clotilde chegou a um ponto que não tem mais retorno. Os neurologistas e psiquiatras consultados me contaram que ela levou muito tempo sendo tratada equivocadamente por profissionais mal preparados e, agora, a tendência é de piora progressiva, sem esperanças de cura.

– O que quer de mim?

– O senhor e ela têm filhos.

– Sim – respondeu, transparecendo todo o seu rancor. – Com quem estou proibido de falar desde que Clotilde e eu nos separamos há treze anos.

– Mas são seus filhos...

– Não tenho contato com eles, doutora. É como se eles não existissem.

– Mas eles vão precisar do senhor e o senhor terá de socorrê-los. É quase certo que dona Clotilde será internada numa clínica psiquiátrica.

A situação era difícil. Obviamente, Joaquim não abandonaria os filhos, mas fora pego de surpresa e não tinha a menor ideia de como agir. Mais do que isso: tinha verdadeiro pavor da reação dos filhos depois de tantos anos. Como eles reagiriam à sua presença? Será que o aceitariam?

Joaquim não estava preparado para aquilo. Era uma carga emocional pesada demais para suportar. Por outro lado, se simplesmente virasse as costas para os filhos, se arrependeria pelo resto da vida. Seria mais uma culpa a massacrá-lo.

– A senhora quer que eu procure os meus filhos? Não sei se eles vão querer conversar comigo.

– É claro que vão! – sorriu ela, tranquilizadora. – Já estive com eles e expliquei a situação. Os dois estão assustados com a piora da mãe. Além do mais, eles não têm nada contra o senhor. Apenas não o procuraram porque dona Clotilde fazia uma marcação cerrada e ameaçava expulsá-los de casa caso eles tivessem o menor contato com o senhor.

Um lampejo de esperança iluminou a mente de Joaquim. Pela primeira vez em anos sentiu alguma coisa próxima a um estado de alegria.

– Estou incumbida de agendar esse encontro entre vocês – a advogada disse.

– E quando seria?

– Amanhã está bom para o senhor?

Tudo rápido demais. Joaquim chegou a perder o fôlego.

– Onde?

– No apartamento da dona Clotilde. O senhor sabe onde fica?

– Se for no mesmo condomínio para onde ela se mudou quando a gente se separou...

– É o mesmo, sim.

– Tudo bem.

– Nos encontramos lá amanhã às seis da tarde, então. Ou o senhor prefere outro horário?

– Não... Seis da tarde está perfeito.

Eliza Monroe se levantou.

– Então, até amanhã. – Retirou-se da sala e Joaquim se lembrou de que tinha se esquecido de lhe pedir um cartão de visitas.

Ele continuou achando que já a vira antes, mas depois chegou à conclusão de que jamais conhecera uma Eliza Monroe. Não se esqueceria de um sobrenome destes: "Monroe", como em "Marilyn Monroe".

Joaquim ainda ficou um tempo na casa lotérica. Sua apatia tinha desaparecido e ele se sentia subitamente revigorado. Teve vontade de fazer uma aposta só para comemorar. Logo dois homens entraram na sala e se acomodaram em cadeiras atrás da dele. Joaquim resolveu ir embora e caminhou alegremente os poucos metros que separavam a lotérica da portaria do seu edifício. Chegou a assobiar um sambinha. Estava feliz.

Treze anos depois, reveria seus filhos. Seu maior sonho. Perguntou-se como eles estariam agora.

***

Durante a noite, sonhou outra vez com algo que o perturbava havia algum tempo.

Estava novamente naquele tribunal. O juiz Fagundes, altivo e sisudo, sentado em sua cadeira, ouvia enquanto o promotor Joaquim Cardoso vociferava, usando toda a sua energia para dirigir-se ao júri e, com dedo em riste, acusar a ré, encolhida no banco ao lado de seu advogado inepto e fraco:

– É imperioso, senhores jurados, que o bom senso e a objetividade prevaleçam neste momento tão importante. Vossas excelências tiveram a oportunidade de, ao longo das últimas semanas, aferir o depoimento das testemunhas e a frágil argumentação da defesa, que se revelou incapaz de desmentir as acusações, por serem estas a expressão fiel dos fatos tal qual sucederam. Não há mentira que se sustente frente ao império da realidade. Portanto, todos esperamos deixar hoje este egrégio tribunal convictos de que a justiça foi feita. É em nome da segurança e do bem-estar da sociedade que a acusação pede a vossas excelências a condenação unânime desta criminosa.

Os jurados se retiraram e logo voltaram com o seu veredicto, que foi lido pelo juiz:

– ...em vista da decisão do júri, condeno a ré dona Zélia Abreu dos Santos Moreno, pela prática do crime de homicídio qualificado por motivo torpe, tipificado pelo artigo 121, parágrafo segundo, inciso primeiro, do Código Penal, a vinte e dois anos de reclusão em regime fechado...

Naquele momento, Zélia levantou-se e começou a berrar, encolerizada:

– Eu sou inocente! Eu sou inocente!

O desespero estava estampado em todo o seu rosto. Não estivesse tão certo da culpa daquela mulher, Joaquim teria se sensibilizado. Ela foi retirada do tribunal por uma porta lateral, debatendo-se nas mãos dos policiais, enquanto chorava alto de agonia. Dali, seguiu direto para a prisão.

Aquelas cenas a todo o momento se repetiam nos pesadelos de Joaquim, que sempre despertava suado e angustiado. Naquela madrugada não foi diferente. Esgueirou-se até a cozinha e engoliu um tranquilizante com o auxílio de um copo d'água.

Levou alguns minutos para se acalmar novamente.

Zélia ficara presa apenas um ano. Fora assassinada por outras detentas numa briga fútil. Dois meses mais tarde, a polícia invadiu um escritório de contabilidade que servia de fachada para uma quadrilha de estelionatários. Um dos sócios, por acaso, era Lúcio, sogro de Zélia. Na devassa realizada na firma, foram descobertos cartões de crédito falsos e contas frias abertas em nome do filho morto. Algumas datavam da época em que ele ainda estava vivo. Lúcio foi preso e acabou confessando o assassinato do filho, depois que este ameaçara denunciá-lo. Lúcio o jogou pela janela do apartamento no momento em que Zélia voltava do trabalho e fugiu pela porta dos fundos. Ninguém o viu descer. Ele conhecia o prédio bem o suficiente para detectar seus "pontos cegos". Ou seja: as áreas não vigiadas pelas câmeras de segurança. Quando a notícia de que um homem caíra pela janela se espalhou, ele aproveitou a confusão de gente descendo pelos elevadores para ver a cena e misturou-se a elas. Lá fora, fingiu que tinha acabado de chegar e chorou sinceramente a morte do filho. Não queria matá-lo, mas não tivera outra saída.

De todo modo, a esta altura, a injustiça estava feita. Zélia tinha morrido. Não havia como compensá-la. Joaquim havia lutado para condenar uma mulher que, no fim, era inocente. Ele nunca se perdoara por isso. Jurava que, hoje, caso pudesse, se ofereceria para ser preso no lugar dela. Nada – nem mesmo mofar num presídio – seria pior do que carregar aquela culpa.

***

Ao longo de todo o dia seguinte, Joaquim se preparou para o grande momento. Foi à barbearia para cortar o cabelo e, depois, comprou roupas novas e presentes para os filhos. Como não fazia a menor ideia dos gostos deles, nem da numeração de roupas e calçados que usavam, optou por levar um *laptop* para cada um. Era o tipo de presente que agradaria aos dois. Escreveu dois cartões e afixou-os aos embrulhos.

Tentou almoçar, mas a ansiedade tornou o seu estômago arisco e ele não passou de três garfadas míseras. Quando faltava uma hora para o encontro, tomou um táxi e rumou para o apartamento da ex-esposa. Torcia para ela estar de cama e não poder ir até a sala. Queria ficar com os filhos, saber da vida deles, tentar suprir um pouco a distância que os separara durante treze anos.

O prédio em que moravam ficava num condomínio na Zona Norte, protegido por grades. Com um frio na barriga, Joaquim resolveu não anunciar seu nome ao porteiro. Optou por dizer que era entregador de uma loja e que trazia uma encomenda para os filhos de Clotilde Magalhães. O porteiro interfonou e logo autorizou a entrada. Da porta do condomínio até o prédio, caminhava-se bastante. Do lado de fora, não se tinha a dimensão do tamanho do lugar e, se soubesse que precisaria andar tanto, não teria dispensado o táxi.

A portaria do edifício tinha um zelador, que se limitou a cumprimentar Joaquim depois que este avisou que iria para o apartamento 1004. Certamente, o controle principal de visitantes era feito na entrada do condomínio. O zelador indicou o elevador que Joaquim deveria tomar e ele pressionou o "10" no painel. O elevador subiu. Joaquim percebeu que estava nervoso.

Ao descer, só viu a porta do 1004 no *hall*. Os outros apartamentos, provavelmente, eram servidos por outros elevadores. Joaquim tocou a campainha uma, duas, três vezes. Ficou longos minutos esperando. Ninguém veio atender. A ansiedade foi, aos poucos, dando lugar à impaciência. Ele começou a bater à porta:

– A senhora está aí, doutora Eliza?

Nada. Nenhuma resposta.

Tornou a bater e a tocar sucessivas vezes a campainha.

– Tem alguém em casa?

Silêncio.

Joaquim tentou girar a maçaneta, mas ela não se moveu. Ficou intrigado. O porteiro tinha interfonado para o apartamento e alguém autorizara a sua entrada. Como, agora, não havia ninguém em casa?

Desistiu. Resolveu deixar os presentes com os cartões junto à porta e foi embora. Na certa, Clotilde estava em casa e numa das suas crises. É lógico que ela não lhe abriria a porta. A doutora Eliza talvez nem tivesse conseguido entrar, assim como ele.

Joaquim voltou para a portaria e perguntou ao zelador se ele poderia lhe conseguir um táxi. Foi neste momento que a confusão teve início. Pessoas começaram a descer sem parar dos elevadores e a encher a portaria, todas falando ao mesmo tempo. Joaquim pensou que o prédio pudesse estar pegando fogo. Perguntou ao zelador:

– Conseguiu o táxi?

– O senhor foi até o 1004, não foi? – o zelador indagou, de repente. Joaquim achou estranho.

– Fui.

– Visitar a dona Clotilde?

– É, mas parece que ela não está em casa e eu perdi o meu...

– Ela acabou de cair da janela – interrompeu o porteiro. – Está morta.

Joaquim arregalou os olhos, surpreso.

– A polícia já está a caminho.

O zelador dissera aquilo com um olhar de desconfiança do qual Joaquim não gostou nem um pouco. Percebeu que o pior a fazer seria ir embora e resolveu esperar. O zelador ficou ao seu lado todo o tempo, como se o vigiasse. Quando a polícia chegou, um dos homens se dirigiu diretamente a Joaquim:

– Foi o senhor que subiu ao 1004 agora?

– Sim, mas não havia ninguém em casa.

– Como não, se foi a própria dona Clotilde que autorizou a sua entrada?

– ...

– Foi o que disseram lá na entrada do condomínio.

– Mas eu toquei a campainha e...

– O senhor é o que dela?

– Da Clotilde? Ela é minha ex-mulher. Mas eu juro que não consegui entrar no apartamento.

– O senhor tem provas disso?

– Deve haver câmeras que mostrem.

– Não há câmeras nos *halls* dos apartamentos – apressou-se em explicar o zelador.

O policial digeriu a informação e perguntou a Joaquim:

– O senhor se dava bem com a sua ex-mulher?

Joaquim percebeu que estava encrencado.

– Acho que estou com problemas, não é?

O policial assentiu.

– Está sim. E como.

***

Clotilde estava sozinha em casa quando morrera. Seus filhos tinham viajado na semana anterior para a casa dos avós, que ficava em outro município.

Joaquim optou por não contratar nenhum advogado. Afinal, ele era promotor e saberia se defender sozinho muito bem.

Na delegacia, relatou sua história. Desde que começara a estudar Direito, aprendera que, em situações assim, era sempre melhor falar a verdade. Contou sobre a doutora Eliza Monroe e do que ela lhe propusera.

Dias depois, durante novo depoimento, quando Joaquim tornou a mencionar a doutora Eliza, o delegado declarou, enfático:

– Doutor Joaquim, não existe nenhuma advogada com o nome de Eliza Monroe. Mais do que isso: checamos os registros telefônicos e a internet de dona Clotilde e descobrimos que ninguém com este nome a procurou recentemente.

– Mas ela disse que era advogada da Clotilde e que...

– Dona Clotilde não tinha advogados – interrompeu o delegado.

– Mas eu juro: uma mulher que se apresentou como Eliza Monroe me procurou um dia antes de eu ir ao apartamento da Clotilde, dizendo que eu precisava conversar com meus filhos e que eles estavam prestes a ficar sozinhos porque a mãe seria internada.

– Não havia nenhum plano de internar a dona Clotilde e, além do mais, seus filhos estão passando as férias na casa dos avós, que fica fora da cidade.

– Mas eu...

– O psiquiatra da dona Clotilde afirmou que ela não apresentava tendências suicidas, apesar de sofrer de uma depressão forte e de estar sob acompanhamento médico permanente. Tudo indica que alguém a atirou lá de cima e o único que subiu ao apartamento dela naquele dia foi o senhor.

– Mas eu não cheguei a entrar.

– Suas digitais estavam na maçaneta.

– Eu tentei abrir a porta, mas não consegui.

– O senhor se ressentia por ela ter afastado os filhos do senhor. Assim, o senhor esperou que eles viajassem para ter a oportunidade de matá-la.

– Isso é um absurdo!

– Um plano calculado. Afinal, era a primeira vez que os filhos deixavam a mãe sozinha. Assim, o senhor não teria testemunhas para o seu crime.

Aquele diálogo estava ficando muito complicado.

– Já disse que nem entrei no apartamento. Prova maior disso é que deixei os presentes dos meus filhos do lado de fora.

– Um truque velho para tentar enganar a polícia. Como ex-promotor, o senhor devia ser mais esperto.

Joaquim soltou o ar dos pulmões:

– O senhor não vai acreditar mesmo em mim?

– E eu tenho como? Desde que o senhor conversou comigo a primeira vez, não disse coisa com coisa. A começar pela tal doutora Eliza Monroe, que nunca existiu. O senhor contou que ela o procurou na lotérica ao lado da sua casa. Pois bem: checamos as câmeras de segurança no dia em que o senhor disse que ela esteve lá. E, só para garantir no caso de o senhor ter se confundido, nos dias imediatamente anteriores e posteriores também. E quer saber? As câmeras não registraram a presença de nenhuma mulher como a que o senhor descreveu entrando lá e se sentando ao seu lado.

O estômago de Joaquim gelou.

– Como é que é? Nenhuma mulher apareceu?

– Não. Posso mostrar as gravações se o senhor quiser. A única anormalidade que constatamos, se é que se pode chamar assim, foi numa tarde em que o senhor ficou falando sozinho por alguns instantes. Talvez o senhor tivesse apostado em algum cavalo que perdeu e estivesse, naquele momento, falando mal dele ou coisa assim. Acontece muito...

***

O inquérito da morte de Clotilde Magalhães foi instaurado e Joaquim Cardoso formalmente indiciado como suspeito de homicídio. Como não houve flagrante, ele pôde responder ao processo em liberdade.

Quando, meses depois, o julgamento teve início, Joaquim estava fisicamente destruído. Emagrecera, certamente, uns dez quilos, perdera muito cabelo e o abatimento cavara sulcos em torno dos olhos e da boca. Ele envelhecera, pelo menos, dez anos. Os filhos continuaram sem procurá-lo, agora com um motivo justo. Os *laptops* com os cartões que ele lhes dera de presente foram devolvidos intocados numa tarde cerca de duas semanas após a morte de Clotilde e deixados na portaria.

No primeiro dia do julgamento, Joaquim estava em casa se vestindo quando foi surpreendido por uma voz feminina familiar:

– Já ouviu falar de anagrama?

Joaquim se virou abruptamente e assustou-se ao dar de cara com Eliza Monroe. Ela vestia a mesma roupa elegante do dia em que o procurara na lotérica.

– Como entrou aqui?

– Responda: você sabe o que é um anagrama?

– Sei. – A porta do apartamento estava trancada, ele tinha certeza. Como ela entrara? – É alterar a sequência de letras numa palavra ou numa frase de modo que formem outra palavra ou outra frase.

– Exatamente! – ela abriu um sorriso sardônico. – Como "Eliza", que é um anagrama de "Zélia".

Joaquim sentiu um calafrio.

– E "Monroe" – completou Eliza –, que é um anagrama de "Moreno".

Um fantasma... Meu Deus, estava diante de um fantasma?

Não, não era possível!

Ou ela não morrera?

– Zélia Moreno? É você?

Ela fez que sim com a cabeça.

Joaquim não a reconheceu. Nunca fora um bom fisionomista e, além do mais, na época do julgamento, Zélia estava abatida e com um aspecto horrível, que em nada lembrava a figura exuberante que o procurara na lotérica e, agora, ali.

– Lembra-se da minha agonia no julgamento, quando eu implorei a todos que era inocente? Ninguém me ouviu. Você lembra? – Ela chegou mais perto e completou: – Agora é a sua vez de viver isso. Você tem ideia de como é ser condenado injustamente por um crime? De falar a verdade e não ser ouvido? A prisão é um inferno, doutor Joaquim. É um lugar horrível. Três meses trancafiada lá dentro e você começa a ansiar pela morte. – Sua voz era gélida. Havia ódio nela. – Se não fosse a sua atuação no tribunal, eu poderia ter sido inocentada. Mas você era um promotor brilhante. Sou obrigada a admitir.

Joaquim baixou a cabeça, derrotado.

– Se você soubesse como eu me arrependo...

– E de que adianta se arrepender? Eu fui morta por sua causa.

Deus! Era mesmo um espírito que estava ali. O cérebro de Joaquim girava.

– Logo depois – completou Eliza. Ou Zélia... Joaquim já não sabia de mais nada –, o verdadeiro culpado foi descoberto. E você, desmoralizado. Mas isso foi pouco. Eu tinha tanto para viver ainda e você não deixou... Sem que eu tivesse feito nada, fui trancafiada naquele presídio imundo.

– Foi você que matou Clotilde?

– Eu apenas fiz com que ela despencasse do apartamento. Eu a enlouqueci naquele dia. Ela já era bem perturbada e não aguentou a minha pressão. Consegui encurralá-la na janela. Ela se desequilibrou e caiu.

Joaquim estava horrorizado.

– E o que você ganhou fazendo isso?

– O que *você* ganhou condenando uma inocente dez anos atrás? – A mulher devolveu a pergunta.

– Eu estava fazendo o meu trabalho.

– Muito digno! – ela comentou, com ironia. – Era exatamente o que pensavam os carrascos nazistas nos campos de concentração. "Estou cumprindo ordens". "Estou fazendo o meu trabalho". É sempre assim. Ninguém gosta de assumir responsabilidades.

Joaquim ficou parado. Percebeu que não adiantaria mais argumentar.

Fechou os olhos e lembrou-se, então, de que durante anos se mortificou por ter ajudado a condenar uma inocente que acabou brutalmente assassinada na prisão. Constatou, de repente, que essa culpa devastadora havia, desde que fora indiciado na morte da ex-mulher, diminuído sensivelmente a ponto de quase desaparecer. Na verdade, a despeito de toda a tensão, sentia-se mais pacificado do que antes. Como se um peso gigantesco lhe houvesse sido tirado das costas. É claro que não seria nem um pouco agradável mofar na prisão por anos a fio. Lutaria para provar sua inocência. Por outro lado, não seria mais açoitado pelo remorso que o acompanhou de maneira implacável desde o julgamento.

Havia recebido o seu castigo e, com isso, se purificado.

Ele sorriu. E, ao tornar a abrir os olhos, viu-se novamente sozinho no quarto. O espírito havia partido.

***

Joaquim Cardoso acabou absolvido por falta de provas. O fato de a ex-mulher padecer de problemas mentais também contribuiu para inocentá-lo.

À saída do tribunal, o ex-promotor olhou para o lado e avistou os dois filhos parados a certa distância. Embora só os tivesse visto quando eram crianças, reconheceu-os imediatamente. Ao lado deles, o fantasma da ex-mulher morta o acompanhava detidamente. Joaquim não teve medo. Ele entrou no seu carro estacionado numa rua vizinha. Ao dar a partida, notou que havia uma mulher no banco do carona.

Zélia.

– Pensa que só por que foi absolvido, vai ficar impune? – trovejou.

Joaquim tentou encará-la, mas o olhar dela era muito ameaçador.

– Vá embora! – ele gritou. Pensou que não se perturbaria mais com a presença daquele espírito, mas tinha se enganado.

– Tarde demais – Zélia sentenciou.

Distraído com a conversa, Joaquim não viu que avançara o sinal vermelho. E, então, um ônibus em alta velocidade atingiu o carro, bem na altura do assento do motorista.

Luis Eduardo Matta nasceu no Rio de Janeiro, em 1974 e estreou na literatura em 1993, com o livro *Conexão Beirute-Teeran*. É autor dos thrillers: *A outra face do desejo*, *O véu*, *120 horas* e *Ira implacável*; dos juvenis: *Morte no colégio* e *O dia seguinte*; das séries policiais juvenis: *Os caça-mistérios* e *O vale dos mistérios*; e de *As bem resolvidas(?)*, um romance *chick lit*. Participou de seis antologias de contos e tem diversos artigos publicados, a maioria no portal Digestivo Cultural, do qual foi colunista durante cinco anos. Site: www.lematta.com

A HERANÇA DA GUERRA

Fernanda W. Borges

A delegacia especializada em crimes contra as mulheres, do Rio de Janeiro, estava um pandemônio. Além de seu delegado titular ter perdido o cargo, crimes seriais de natureza sexual se tornavam cada vez mais constantes na cidade. Comentava-se, extraoficialmente, que a não resolução de tais crimes contra diversas vítimas, teria sido o estopim para a queda daquela autoridade. Era uma segunda-feira, quando, em meio a uma correria na unidade, a nova delegada chegou para tomar posse.

Sandra Couto era uma mulher de estatura mediana, cabelos castanhos, incríveis olhos azuis e tinha uma pele muita clara. Cumprimentou rapidamente os agentes da delegacia e quis se inteirar no mesmo instante dos crimes envolvendo "o deflorador". Este fora o apelido de mau gosto que um estuprador ganhara, após ter violentado sete mulheres virgens e as ter engravidado, apesar de todas terem sido medicadas a tempo com a pílula do dia seguinte.

– Todas virgens? – a delegada perguntou ao chefe de investigações, Geraldo Novaes, enquanto este a observava com a atenção de tira experiente.

– Por incrível que pareça, todas virgens. – Fez uma pausa e estendeu os inquéritos que apuravam os sete estupros. Ela os folheou com uma rapidez que poderia parecer até mesmo descaso, surpreendendo o policial. Contudo, logo percebeu que, pelo contrário, ela prestava muita atenção ao que lia.

– Todas universitárias e do curso de Direito. Excelentes alunas, pelo que foi levantado até agora – comentou, transmitindo certa dose de orgulho.

– A senhora já leu? – Geraldo perguntou atônito.

– Tenho uma leitura muito dinâmica. E já havia ouvido falar algo sobre as vítimas. A propósito, eu preciso interrogá-las pessoalmente... quero me certificar de algo – acrescentou em tom enigmático.

– Quando posso marcar as oitivas das moças, doutora?

– Agora! – respondeu a delegada em tom imperioso, porém com a mesma tranquilidade de sempre. – Esse monstro já brincou demais. Passou um mês e nenhuma pista dele.

– Não me leve a mal, doutora... mas tenho a impressão de que a senhora sabe mais do caso do que quer deixar transparecer – alfinetou o chefe das investigações, mas não obteve uma repreensão como resposta. – Desculpe se estiver sendo...

– Nunca se desculpe por ser inteligente! – foi a resposta, estranhamente seguida de um sorriso amistoso. – Pessoas inteligentes não precisam se desculpar, principalmente, porque costumam ter razão.

***

Geraldo e os demais policiais ficaram surpresos com a nova delegada. Ela conseguira algo extremamente difícil: fazer comparecer à delegacia as sete vítimas, no mesmo dia. As que tinham compromissos inadiáveis, as que não queriam mais tocar no assunto... Todas, ao se sentarem em frente à austera delegada, pareciam se sentir em casa. Não houve choros, expressões de medo ou de derrota. Pareciam plagiar sua postura segura, serena e determinada.

Sandra, curiosamente, não reduziu as declarações das vítimas a termo[2], apenas ouviu-as dando a impressão de que guardava tudo de memória. Os policiais estranharam; qualquer fato novo que pudessem fornecer como elemento de prova teria que constar por escrito. Geraldo não simpatizava muito com sua nova chefe, especialmente após fazer uma pesquisa nas delegacias pelas quais ela passara e saber que sua postura era totalmente diferente da que apresentava agora. Sandra, segundo soube, evitava contato com vítimas e testemunhas. Era uma delegada nova no cargo e não era dada a impulsos heroicos e humanitários.

– Ela cismou com a gente, só pode ser! – comentou com André, outro agente, enquanto tomava um café na manhã do dia seguinte.

– A Chefia a colocou aqui por algum motivo – André também estranhava. – Dizem que era apática, mas está se mostrando uma verdadeira *Kate Mahoney*[3].

---

[2] Formalizar o ato de ouvir a testemunha, vítima ou autor, redigindo documento escrito (Termo de Declarações).

[3] Personagem policial da divisão de Homicídios de Chicago, da série americana

Sem que eles se dessem conta, Sandra entrou na sala com passos leves, como se caminhasse sobre plumas, e comentou séria:

– Com certeza a "Chefia" me colocou aqui por um motivo, mas isso não lhes diz respeito. Tratem de se dedicar a esse caso. É mais sério do que podem supor.

Antes que os dois homens pudessem dizer qualquer coisa, a mulher abriu uma pasta e lhes mostrou vários documentos, dentre eles, laudos do IML e exames médicos. Os exames indicavam que as sete vítimas estavam grávidas e, embora todas pretendessem interromper as gestações, já com as devidas autorizações judiciais, nenhuma delas conseguira.

– O que aconteceu? – André não entendia como sete mulheres, autorizadas por um juiz, não conseguiam abortar.

– Bem... a Rita e a Cláudia, as primeiras vítimas, procuraram a clínica autorizada, mas não a encontraram – contou enquanto alisava o ombro esquerdo, de uma forma estranhamente carinhosa, como se estivesse afagando algo além de seu próprio corpo. – Detalhe: a Rita foi acompanhada de uma assistente social, e as duas já conheciam o local.

– O quê?! – Geraldo arregalou os olhos.

– Isso mesmo – Sandra respondeu friamente, como se relatasse um fato comum.

– Mas o que elas alegaram? Sentiram-se mal? Alguém as ameaçou? – André questionava com um sorriso disfarçado, como se duvidasse.

– Não houve nada disso. Como eu disse, elas alegaram que andaram a rua de cima a baixo várias vezes e não encontraram a clínica! – Sandra explicou contrariada. – A assistente social me confidenciou que foi tudo muito estranho. Num momento estava na rua já conhecida onde fica uma das clínicas, e, no momento seguinte, após caminhar um pouco, ela chegava a outro bairro sem nunca chegar à bendita clínica!

– Elas devem ter entrado na rua errada! – o investigador-chefe gesticulava exageradamente, rindo e sentindo certo alívio em sua conclusão.

Dama de Ouro (*Lady Blue*). Estreou em 1985 e foi cancelada no 13º episódio, fechando em uma única temporada em 1986. Foi uma série policial considerada bastante violenta para a época e Kate Mahoney era durona e ativa.

– Elas conferiram a placa. Não fizeram nada errado. – Sandra os encarava com certa impaciência, mas logo voltou à sua postura quase indiferente. – Houve erro, mas não da parte delas. Foram levadas ao erro; com você, não teria sido diferente.

– Como assim, doutora? – o agente queria fazer a delegada contar o que sabia, mas o olhar da mulher de ferro o fez parar.

– Eu me espantaria se qualquer um de vocês entendesse – foi a resposta seca. – Agora, como eu contava... com a Mariana, a Clara e a Sílvia, foi ainda mais surpreendente: os médicos se recusaram a proceder, mesmo com as autorizações judiciais.

– E por que elas... – André ia perguntar, mas a resposta se antecipou.

– Elas procuraram outros médicos e obtiveram as recusas de sempre. Profissionais já acostumados a realizar estes procedimentos.

– Por que eles se recusaram somente em relação a elas?

– Quem sabe a causa não tenha sido a mesma que causou a confusão, o caos pelo qual a Rita, a Cláudia e a assistente social passaram? – Sandra retrucou e Geraldo reparou que seus olhos invadiam os seus de uma forma peculiar e muito intensa; ela não se importava muito com a presença de André, mas dava a impressão de querer incutir algo no policial veterano. E ele sabia que aquele olhar não tinha qualquer interesse sexual... era intenso, penetrante, significativo... gelado.

– Doutora, eu sou um profissional que lida com fatos, não com suposições as quais não consigo entender – respondeu com seriedade e Sandra inclinou ligeiramente a cabeça na direção do ombro esquerdo. – *Que cacoete é esse que ela tem com o ombro?*

– Cada ser humano tem seu tempo de entendimento, caro *Dinho* – ela o chamou pelo apelido de infância e Geraldo sentiu um frio na espinha. Mas, antes que pudesse perguntar por que o chamara daquela maneira, a conversa seguiu o rumo anterior. A voz de Sandra anunciava que não queria ser interrompida e que não daria explicações além das que achasse necessárias naquele momento. – A Júlia tentou dois abortos caseiros, mas parece que passou tão mal que ficou com medo e decidiu ter a criança – continuou o relato, sem se importar com a expressão um tanto atordoada dos dois. –

E a Carine, a sétima pela ordem dos ataques, bem... ela disse que mudou de ideia e que vai levar a gravidez adiante, pois agora sabe que seu bebê é *especial e que tem uma missão a cumprir neste Mundo.*

– Isso não é normal, alguma coisa está errada! – Geraldo quase gritou. – Alguém está impedindo essas moças de exercerem seus direitos?

– Que algo esteja impedindo, não tenho dúvidas – Sandra disse.

– Alguma associação religiosa contra abortos? – André arriscou.

– Não, André... Como um grupo de pessoas, por mais radical que seja, conseguiria impedir duas mulheres de enxergar um endereço conhecido, outras três de encontrarem médicos que cumpram as decisões judiciais? Pior, a outra vítima passou mal e ficou com medo. Não parece ser isso – o colega concluiu, mas com um semblante frustrado. Odiava se sentir confuso, sem respostas e aquela delegada, ao invés de ajudar, os deixava mais perdidos.

– Vocês vão entender na hora certa. Quer dizer: *nós* vamos.

A delegada fez uma expressão de desagrado e os encarou com os belos olhos brilhantes. Os dois não sabiam o que dizer ou perguntar; para quebrar o gelo, André pegou os laudos da pasta e leu rapidamente os documentos, procurando informações específicas.

– Os peritos examinaram as amostras de sêmen coletadas das vítimas e... – ele passava os olhos pelos textos, comparando as análises –... DNAs diversos?

– Exatamente! – Sandra encarava o policial nos olhos. – O que levaria a crer que foram sete agressores diferentes, porém, com o mesmo *modus operandi*.

– Estariam copiando o primeiro estuprador? – Geraldo arriscou, procurando se manter o mais imparcial possível.

– Seria uma opção válida, mas não... – ela demonstrava certeza no que falava. – Um copiando, até mesmo dois, seria aceitável. Mas seis! Não, o meio de agir é o mesmo em todos os casos.

– Mas doutora, o DNA não mente. Se a perícia afirma que cada sêmen vem de um agressor, como seguir esta linha de investigação de que o modo de agir é único?

– A perícia constatou também que existe um componente, em seis das sete amostras de sêmen que foram examinadas, jamais visto pela Ciência. Como se fossem células atípicas, que não podem ser nominadas. Isso só não foi encontrado na amostra coletada em Carine, o que é bastante revelador.

André coçou o queixo e desviou o olhar para prestar atenção em Geraldo.

– Então, os agressores devem possuir alguma doença ou anomalia – ele procurava uma explicação lógica e racional. – Pode ser que tenham algum problema, que façam parte de algum grupo e resolveram atuar juntos.

– Vocês estão se esquecendo de um detalhe tão importante...

– Qual? – André perguntou.

– Elas haviam se recusado a colaborar na confecção do retrato-falado e, por esta razão, nós não tínhamos um rosto do estuprador.

– E aí? – Geraldo questionou.

– Sabe aquela conversa que eu tive com as vítimas? – Sandra tinha um esboço de sorriso no canto dos lábios. Os policiais confirmaram com acenos de cabeças. – Pois bem, elas resolveram colaborar comigo e me forneceram dados para a elaboração do documento. Com exceção da Carine, que afirmou que não se lembrava do rosto do *pai* de seu filho.

– *Pai*?! – o policial veterano arregalou os olhos ao questionar. – Essa garota se apaixonou pelo estuprador?

– Vai ver ele mandou bem! – André disse e Geraldo o repreendeu, sem deixar de notar, entretanto, que havia algo além de sarcasmo naquela brincadeira. – Algumas mulheres andam carentes demais hoje em dia.

Geraldo achava que o companheiro estivesse jogando alguma indireta para a delegada, pela maneira maliciosa como a olhava. Mas Sandra não parecia notar. Caminhou até um armário, de onde retirou algumas folhas que espalhou cuidadosamente sobre a mesa. Eram os seis retratos-falados. Para espanto dos policiais, fora a própria delegada quem os desenhara e todos retratavam o mesmo homem. Cabelos escuros na altura dos ombros, levemente encaracolados, olhos penetrantes e raivosos, de traços másculos e marcantes. Entretanto, em três descrições ele possuía cavanhaque e nas outras três tinha o rosto totalmente barbeado. Por algumas vítimas, fora retratado usando uma argola cor de bronze na orelha esquerda. Indubitavelmente, era o mesmo homem.

– Isso não faz sentido! Em um dia o cara estava barbeado e, no seguinte, exibia um cavanhaque espesso... Nenhuma barba cresce tão rápido. Os ataques foram muito perto um do outro – Geraldo, extremamente racional, analisava.

– Elas podem ter se enganado em algum detalhe.

– Uma vítima de violência sexual *não* se engana nesses detalhes! – o policial afirmou com segurança. – Seriam irmãos, parentes?

– Não se preocupem, porque para mim faz todo o sentido e eu já sei o que fazer! – Sandra concluiu, enquanto guardava toda a documentação.

– Mas, doutora, eu tenho que elaborar um relatório de investigação e não cheguei à conclusão alguma ainda!

– Eu já disse que agora é comigo, inspetor.

Geraldo pediu licença, contrariado, pois outro policial o chamava, e saiu do gabinete da delegada sacudindo a cabeça, confuso e extremamente aborrecido. Sandra, então, percebeu que André ainda segurava um retrato-falado e olhava para o mesmo com um misto de seriedade e surpresa. Ela se aproximou e perguntou ao policial:

– O que houve? Este rosto lhe é familiar?

– Não, nunca o vi.

***

Ela sabia que teria que correr, pois em breve encontrariam a delegada e seu disfarce seria revelado. Enquanto dirigia, pensava em qual seria o melhor lugar para enfrentar o causador daqueles ataques. De repente, o som do carro ligou sozinho e a condutora, sem se surpreender, sabia que sua resposta viria dali. Os noticiários relatavam um intenso tiroteio entre policiais militares e traficantes na favela da Rocinha. O clima era de guerra total, já contabilizavam muitos mortos e feridos.

Seus olhos cintilaram e ela se dirigiu até o local de confronto, mesmo sabendo que o acesso estava completamente vedado aos motoristas.

Quando viu que não conseguiria chegar de carro à entrada principal da Rocinha, simplesmente saiu do veículo e foi caminhando, ignorando tanto o *show* de tiros que cruzavam o ar pouco acima de sua cabeça, quanto os transeuntes assustados. Caminhava firme, com a cabeça ereta e o olhar iluminado, contrastando com o negrume da noite, entrecortado pela iluminação proveniente das explosões de granadas e disparos que pareciam competir com o azul intenso e não humano de seus olhos. Passava pelo meio do caos sem ser incomodada e, quando um tenente mais atento a divisou, ao tocá-la, recuou. O tenente não soube por que se conteve, só sabia que aquela mulher poderia passar.

De repente, seus olhos avistaram no topo da comunidade uma figura masculina, que observava tudo o que acontecia; divertia-se e gargalhava juntamente com outros que estavam ao seu lado. Estavam a muitos metros de distância um do outro, mas sua oponente o enxergava perfeitamente e ouvia cada palavra proferida. Este, por sua vez, também a via se aproximar. A mulher o fitava de um jeito gélido e, quando foi falar algo, o homem trajando roupas negras de couro e portando um imenso fuzil que parecia ser do mais puro ouro adiantou-se:

– Minha irmã chata e mal-amada! – O sorriso no belo rosto moreno era provocador. – Não me lembro de tê-la convidado para minha festinha.

– Ares, seu asqueroso! – Athena respondeu, sem alterar sua expressão tranquila e séria. – Eu quero falar com você. Agora!

– Virgens! O que uma boa noite de sexo não faria por você, Athena... E diminua esses dois "faróis", estão quase cegando o meu séquito! – Ele se referia à intensa luz que emanava dos olhos da Deusa Athena, que ainda estava sob a forma da delegada Sandra. Os deuses menores que acompanhavam Ares, o Deus da Guerra, tentavam se proteger daquela luz que chegava a ser gelada.

Vendo que Athena não estava para brincadeiras, o Deus sanguinário fez um gesto para que os outros se dispersassem e aguardou sua irmã começar o interrogatório padrão.

Desde a criação do Mundo ambos eram rivais. Os humanos, sempre manipuláveis, tendiam ora a um, ora ao outro. Dizia-se que era impossível seguir a ambos, pois, embora Athena fosse guerreira, era uma Deusa que repudiava a guerra pela guerra. Seus atributos eram a sabedoria, a inteligência, o raciocínio lógico, a estratégia. Athena representava a justiça dos homens, enquanto Têmis representava a justiça divina.

– O que você pretende? – Apesar de estar naquele corpo frágil e minúsculo em comparação ao dele, Ares sabia o poder que sua irmã possuía. Já havia perdido muitos duelos para Athena e, por isso, preferia conversar. Um duelo entre ambos, naquelas circunstâncias, poderia trazer consequências irreparáveis. O Deus da Guerra sabia que, às vezes, é preciso recuar para vencer.

– Está falando do quê, Athena? – Ele coçou o cavanhaque e sorriu cinicamente. – Você sempre se metendo nos conflitos que eu causo. Aliás, quem você acha que vai levar a melhor aqui? A polícia ou os traficantes? – Voltou-se para ela com um jeito divertido, quase inocente, moleque.

– Não vim aqui para me meter nessa sua carnificina! Você foi criado para isto... É limitado demais para ter outros atributos. – Desta vez foi Ares quem se irritou e seus negros olhos se iluminaram com um tom escarlate. – Quero saber o que pretende com aquelas crianças? – continuou, sem se perturbar com o semblante sombrio do meio-irmão.

A ira de Ares fez seu tórax musculoso inflar, incitando-o a partir para cima da Deusa guerreira. Mas, ao ouvir suas últimas palavras, ele começou a gargalhar alto. Tão alto que os estrondos foram abafados por sua poderosa voz.

– É isso? Eu não sei de que crianças você está falando, irmã! – debochava. – Falando sério: você diz que sou limitado e que só sei criar guerras e carnificinas, mas se esqueceu de que sou um construtor por natureza? Que o Mundo foi criado através de guerras, desde a Titanomaquia? Tenho meus rebentos espalhados pelo Mundo, fazendo o trabalho sujo que os Deuses tanto desprezam, mas do qual não abrem mão!

– Oh, eu não esqueci! Você gerou muitos filhos... a maioria não deu para muita coisa! Um deles, em especial, aquele austríaco louco, fez-me vir à Terra me intrometer. Para tudo há limites, Ares! – Athena exibiu ao irmão os retratos falados. – Este aqui é você!

– Minha irmã é desenhista! – ele se fez de surpreso e riu. – É, aquele meu filho, o austríaco bigodudo, realmente passou dos limites na época. O lado humano dos semideuses é um problema! Eles acabam sempre fazendo besteira. Eu preciso gerar novos líderes! – acrescentou, mais sério agora.

– E escolheu virgens, estudantes de Direito e extremamente inteligentes? Quer filhos sanguinários, como você, porém inteligentes e articulados como suas mães – concluiu. – Você está me fazendo uma afronta direta! Elas estão ligadas a mim e você as escolheu de caso pensado.

– Por que não? – Ares gesticulou, exageradamente. – Filhos e filhas prontos para a guerra, além de frios e calculistas como você! Em qual cenário você imagina que vão se infiltrar e se dar melhor?

– Na política – respondeu nada surpresa. – O poder está na política, eu sei muito bem. E por que todos os filhos aqui no Brasil?

– Porque esta terra é a fonte da impunidade! – bramiu. – Leis evoluídas, mas manipuladas por juristas corrompidos, para um povo que só quer saber de futebol e festas populares! Não é, irmãzinha? Direitos humanos para cá, defesas ilimitadas para lá... Eu me sinto em casa! Eu tinha saudades de Esparta e da Trácia, mas o Brasil me acolhe bem! – o Deus da Guerra filosofava, um momento raro.

– Já existem canalhas sobrando nos governos mundiais e você ainda quer inserir suas crias no meio? Ah, Ares, você é, de fato, um louco. E burro!

– Eu já provei que sou louco, mas burro, não! Eu escolhi mulheres que têm as suas características, que vão atuar na sua área, a Justiça. E ainda ousa me chamar de burro? Dê o braço a torcer. Desta vez eu peguei você de jeito.

– E você acha que os outros Deuses vão assistir quietos? Que não vão querer gerar seus semideuses também? Isto vai ser o início da destruição. O fim de suas "festinhas"!

Dito isso, em segundos, Athena desapareceu, deixando o Deus da Guerra pensativo, o que também era algo incomum de acontecer.

***

No dia seguinte, a verdadeira Sandra foi encontrada desacordada, no interior de seu carro, que estava estacionado em frente à delegacia de proteção à mulher. Não estava bêbada, drogada, nem nada semelhante; porém, não se lembrava de nada desde o dia em que soubera de sua transferência. Jamais estivera naquela delegacia e não entendia como aqueles policiais que a encontraram se dirigiam a ela como se a conhecessem. Começaram a supor que estava louca.

Sua imagem não serviria mais como disfarce para Athena. Por esta razão, a Deusa resolveu despertá-la do transe. Ela sabia que Ares, apesar de sua natureza bélica e impulsiva, mudaria de ideia e não permitiria que aquelas crianças nascessem. Criaria monstros e perderia o controle. Estava tranquila em relação a isto, deixou o caso de lado e assistiu impassível ao próprio Procriador da Guerra dando um jeito de se livrar dos futuros problemas.

***

No mesmo dia em que encontraram Sandra, Geraldo saiu da delegacia, cansado e desanimado. Aquele caso estava acabando com suas tão necessárias horas de sono. Não era mais um jovenzinho idealista e cheio de boas intenções que acreditava que poderia ajudar a consertar o Mundo. Seu senso de justiça, algo que o acompanhava desde muito pequeno, estava cada vez mais sufocado diante das perversões humanas. Não acreditava no mal como uma entidade, como diabo ou algo do tipo, pois era racional. Ele entendia que as pessoas eram os demônios, por essa razão ele não se importava mais como antes. Apenas sua curiosidade natural de policial e o desafio de desmascarar um criminoso ainda o faziam trabalhar com vontade.

Abotoava um botão da camisa quando sentiu um peso em seu ombro. Foi algo muito rápido. Com um movimento brusco, procurou se endireitar e a sensação passou. Ao abrir a porta de vidro da delegacia, viu André mais adiante, parado ao lado de seu carro, conversando animadamente no telefone celular. O jovem colega percebeu Geraldo indo embora e acenou com a mão, em despedida. O inspetor retribuiu o gesto e, quando já ia entrar em seu *Ford*, uma imagem inusitada chamou sua atenção: havia uma árvore antiga, mas não muito grande, logo atrás de André. O estacionamento onde guardavam seus carros era um enorme terreno e ainda conservava algumas árvores. No alto daquela ele viu um vulto iluminado e apertou os olhos para enxergar melhor. Para sua surpresa, uma linda coruja toda branca estava pousada no galho mais alto, exatamente na direção de André.

Pensou em apontar a ave para o colega, mas este estava muito focado em sua conversa e não olhava mais em sua direção. Abaixou a cabeça sorrindo, imaginou que o IBAMA deveria ser notificado sobre a presença daquela ave. Quando ergueu novamente a cabeça, a coruja havia sumido e André já estava dando partida no carro. Seu ombro voltou a sentir o peso de antes. Pensou em Sandra.

***

Quando planejou gerar sua nova prole de semideuses, Ares se apoderou de corpos de homens bêbados e drogados que, tarde da noite, foram usados como instrumento para engravidar aquelas moças. Porém, o que Ares não sabia, e não quis demonstrar à Athena, era que ele não cometera os sete estupros; o Deus da Guerra violara apenas seis virgens através daqueles humanos. Jamais tocara em Carine e isto o intrigava. O sanguinário filho de Zeus e de Hera ainda estava buscando sua sétima vítima, quando Carine foi estuprada. Se a própria Athena não fazia ideia disto, não seria ele quem iria lhe contar. Ela que se danasse! Apesar de ser uma Deusa virgem, também tinha seus protegidos, seus "afilhados" na Terra. Quem era Athena para ficar fazendo "controle de natalidade" entre os Imortais?

Ele estava cansado de ser ridicularizado entre os Deuses e quase sempre por causa de Athena. Mas, desta vez se via obrigado a concordar com a irmã... Havia se excedido e os resultados poderiam se voltar contra ele. Dar razão a ela e ter que rever seus atos o enfurecia. Todavia, nem tudo estava perdido.

***

Dias depois, as seis vítimas do Deus sofreram abortos espontâneos e seus problemas foram resolvidos de forma natural. Os policiais não sabiam o quanto os seres humanos eram influenciados o tempo todo pelos Deuses; por esta falta de conhecimento, não poderiam cogitar que Cláudia e Rita, assim como a assistente social, não conseguiram encontrar a clínica pelo simples fato de que Ares as fizera atravessar uma espécie de portal. Justamente quando elas se aproximavam do número visado, o Deus belicoso, orientado e auxiliado por sua irmã e companheira Éris – Deusa da Discórdia e do Caos –, rasgou o ar com sua espada e uma percepção diferente do mundo as engoliu por algumas horas, fazendo-as chegar ao outro bairro, sem cruzar aquele em que de fato estavam. O tempo fora suficiente para que desistissem de insistir na busca do endereço, bem como do propósito de abortar por medo ou indisposição. Afinal, estavam assustadas e fragilizadas.

Com Mariana, Clara e Sílvia não houve "sequestros"... ao menos não delas. Cada médico procurado foi "substituído" por Ares, que assumiu suas formas. As três foram encaminhadas, de início, ao mesmo médico. Este era um conhecido profissional, de confiança, e que somente procedia em casos de abortos quando estes eram autorizados pela Justiça. As três vítimas saíram frustradas de seu consultório ao receberem enfáticos *nãos* daquele médico de meia idade, com os cabelos grisalhos, óculos pesados e expressão acolhedora. Elas pediram explicações e ele simplesmente lhes disse que sua atual religião não permitia mais aquela prática. Sílvia, a mais irritadiça das três, chegou a desconfiar de que aquele médico debochava dela (e realmente debochava), mas depois achou que estivesse vendo coisas. De fato, estava mesmo vendo coisas. Sendo mais sensitiva do que as demais, Sílvia quase enxergou os olhos de Ares camuflados naquela transformação fantástica. A gravidez aumentava sua paranormalidade e Ares teve que usar de doses maiores de seu poder divino para ludibriar a garota. Os demais "médicos" se comportaram da mesma forma e, assim, as três desistiram.

Júlia foi a única que não precisou de Ares para impedi-la de abortar, já que suas tentativas imprudentes com remédios restritos, comprados no mercado negro, fizeram o trabalho pelo Deus da Guerra.

Athena ficou satisfeita por suas protegidas não terem necessitado do procedimento médico, mas não entendeu por que Carine, justamente a que dizia querer levar aquela gravidez adiante, não fora tocada. Era uma questão de livre-arbítrio, talvez, embora o Deus da Guerra jamais tenha sido propenso a respeitar a vontade dos mortais quando assuntos que lhe diziam respeito estavam em jogo. A guerra é cruel e o seu jogo não se limita à ética, à moral ou à justiça; Ares e seu séquito sabem jogar baixo e gostam disto. Aquela criança levava a marca da guerra e seria uma ameaça quando crescesse. Ainda mais pelo fato de Carine parecer saber que não seria uma criança comum. Ela não era a única que tinha conhecimento disto. Certo policial também sabia, e sabia muito bem.

***

Alguns meses depois, o persistente Geraldo estava de campana em frente à maternidade onde Carine acabava de dar à luz uma menina. Não se conformava com todas as estranhas coincidências que envolviam aqueles sete casos. Empenhado, Geraldo e outro policial descobriram que, dos sete estupradores, seis foram encontrados mortos em becos imundos em várias partes da cidade. As causas das mortes eram as mesmas: executados a tiros de pistola calibre 40. O mais bizarro era que fora gravado no tórax de cada estuprador a seguinte inscrição: O DEFLORADOR. Uma nova investigação iniciava-se.

Geraldo seguira sua intuição quando decidiu esperar em frente à maternidade. Na verdade, foi mais do que uma intuição: sonhara com Sandra alertando-o que deveria vigiar os passos de Carine. Curiosamente, o inspetor sabia que aquela mulher do sonho não era a delegada; o policial, embora não fosse supersticioso e tampouco propenso a crenças que extrapolassem a lógica, acreditou imediatamente que fosse um aviso. No sonho, a mulher se vestia como uma grega clássica e havia uma enorme coruja branca pousada em seu ombro esquerdo. Ela sorriu para ele e começou a acariciar a ave, fazendo Geraldo ter um sobressalto: aquela imagem lhe era familiar... Claro, a própria Sandra tinha uma curiosa mania com o ombro esquerdo. E ele próprio sentiu algo estranho quando saiu da delegacia no dia em que encontraram Sandra desacordada... Sem falar que vira a mesma coruja na árvore, naquele dia.

O policial não conseguia entender o significado de tudo aquilo. Ainda que fossem muitas coincidências, muitos fatos aparentemente sem sentido, eles pareciam estar carregados de significados... de simbolismos. Enfim, tudo o que ele sabia, por um instinto até mesmo primitivo, era que deveria seguir aquele conselho.

Mesmo sabendo ser ilegal e sem validade para uma investigação, Geraldo fizera uma escuta clandestina nas linhas telefônicas de Carine. Para sua surpresa, a jovem se comunicava esporadicamente com o seu suposto agressor, o *pai* de sua filha. O policial não conseguia ouvir a voz do estuprador com nitidez, pois este parecia alterá-la, provavelmente para se precaver. Não entendia por que aquela louca conversava com ele, como se estivesse falando com um confessor.

Desde então, pressentia que teria uma surpresa no parto. E teve. Naquele dia, pediu a André que o acompanhasse na campana. Os dois passaram o horário de visitas nas imediações da maternidade. Comiam seus cachorros-quentes dentro da viatura, quando André avistou um rapaz alto, que entrava na maternidade carregando rosas vermelhas.

– Aquele ali é o ex-namorado da Carine! – André apressou-se em dizer.

– Como você sabe?

Geraldo e André já saíam da viatura.

– Eu andei investigando.

– Será que ele é o pai? Como ele se chama? – o inspetor veterano se surpreendeu com a atitude de seu parceiro, porque não imaginava que ele estivesse investigando por conta própria.

– Felipe. Não sei se ele é o pai, mas vou dar uma sondada. – André tinha uma expressão compenetrada quando o encarou. – Seis supostos estupradores foram assassinados e esse aí está visitando uma das vítimas... Se ele for o pai, das duas uma: ou essa Carine nunca foi estuprada ou ele matou os outros caras.

– Vai lá, vê o que consegue descobrir. Eu aguardo aqui, mas qualquer coisa me passa um rádio.

– Pode deixar.

Geraldo se encostou à viatura e ficou observando o colega indo atrás de um suspeito. Enquanto aguardava, aproveitou para dar uma olhada nas contas do celular de Carine. Claro que a moça não o autorizara, foram seus pais quem forneceram o documento ao policial, já que o telefone estava em nome de sua mãe. Por sorte, ultimamente, só fazia contato com três números: o primeiro, de uma amiga, já constatado pelo policial; o segundo, da casa de seus pais e o terceiro, o que mais se repetia, de dono ainda não identificado. O policial tentara duas vezes falar com aquele número, mas sempre desligavam. Com certeza a voz masculina despertava desconfiança e aquele interlocutor arredio se precavia por algum motivo. Somente quem deve, teme, dizem os mais vividos.

Ele resolveu tentar a sorte novamente, mas, desta vez, pediu à vendedora de cachorros-quentes, que o atendera minutos antes, que lhe fizesse um favor: falasse ao telefone. Geraldo colocou o aparelho no viva-voz e a moça seguiu suas instruções. Ela esperou a pessoa atender e pronunciou com naturalidade:

– Felipe?

– Você discou errado – a voz masculina respondeu e desligou em seguida.

O policial agradeceu à moça e respirou fundo. Ele já se dirigia à recepção da maternidade quando André apareceu e disse que havia se enganado.

– Ele é muito parecido com o Felipe! – se explicou, fazendo Geraldo sorrir.

Um breve silêncio pairou entre a dupla enquanto se dirigiam à entrada principal da maternidade. André estava quase abrindo a porta quando alguém veio da rua e, com uma brutalidade inesperada, entrou na maternidade e quase derrubou os dois homens. Geraldo ia xingar a mulher toda esfarrapada que entrou igual a uma tresloucada no hospital, mas o amigo o deteve.

– É só uma mendiga, deixa *pra* lá.

– E o que uma mendiga está fazendo aqui dentro? Com certeza não vai parir, nem tem algum parente aqui – comentou, enquanto cercava a mulher, cuja cabeça estava coberta de trapos. – Senhora, por favor, acompanhe a gente até lá fora.

Ela se virou lentamente e seu olhar faiscante se revelou para o policial, que sentiu algo próximo de medo... mas não era medo. Era respeito! Talvez reverência. Os olhos da mendiga eram os olhos de Sandra e tudo foi rápido demais. Ela encarou o policial mais velho e disse com sua voz quase melódica:

– Sua racionalidade e falta de fé não ofendem... eu sei que não vai me decepcionar.

– O quê...? – Geraldo franziu as sobrancelhas e André encarou a mulher, mas não teve a mesma percepção que seu parceiro.

– Eu já vou sair, "moço"... – a mendiga começou a balbuciar com humildade e saiu rapidamente por onde entrara tão esbaforida.

– Só tem maluco solto! – O mais jovem riu, sem dar importância ao episódio. – Mas, como eu dizia, o cara era muito...

– Se eu contar quantas vezes já confundi rostos... – O mais velho interrompeu, com certa impaciência. Eles já estavam na rua e Geraldo olhava ao redor, procurando a estranha mendiga que sumira nos arredores. – Mas tem algo que não confundo... jamais!

– O quê? – André sorriu.

– Sons – respondeu o inspetor, os olhos agora fascinados com uma enorme coruja branca que pousava sobre o telhado de uma casa e parecia olhar em sua direção.

– Sons? O que você está olhando, Geraldo?

– Nada, não estou vendo nada – disse, tentando convencer a si próprio em primeiro lugar. – E sim, os sons não me confundem, cara! – Nesse momento, ele encarou André e concluiu com um sorriso enigmático. – Eu nunca esqueço uma voz.

***

Carine recebeu alta três dias depois do parto. Teve de ser submetida a uma cesariana, já que a menina era muito grande. Seus pais, embora felizes com a chegada da neta, uma criança saudável e bonita, estavam decepcionados com a filha; quando mencionava o *pai* da criança, Carine parecia estar falando de Don Juan de Marco. Por outro lado, ela também não negava o estupro.

Foi a babá eletrônica quem fez sua mãe Nádia procurar a polícia. Carine, ainda não acostumada com o aparelhinho, ficava conversando carinhosamente com o bebê e o som ia até a cozinha, onde sua mãe ficava a maior parte do tempo. A avó preparava o almoço e ria da conversa entre a jovem mãe e o bebê recém-nascido. Ela falava coisas do tipo "mamãe te ama", "nós vamos nos divertir muito juntas". A avó disse a si mesma:

– Ah, você vai ver o que é diversão a partir de agora! Está achando que a filha é uma boneca... – Nádia sorriu e continuou a cortar alguns legumes quando o que veio a seguir a alertou. Carine falava sobre o *pai* da filha:

– Viu como o papai também gosta de você? Ele até nos visitou...

***

– Não, ele não entrou no quarto da Carine, eu tenho certeza! – André se referia ao rapaz das rosas.

– Vamos nos certificar, é melhor. – Geraldo acabava de lhe contar sobre o que ouvira de Nádia. Intimamente, ele se culpava por não ter ido atrás do rapaz suspeito no lugar de André.

– Como?

– Se ele a visitou mesmo, vai arrumar um jeito de fazê-lo novamente.

– Não acredito, essa garota deve ser maluca! – André disse sério. – Além de mim, não houve nenhum outro homem visitando a Carine naquele dia. Eu fui o único.

– Eu sei que você foi o único – Geraldo fez uma breve pausa. – Mas, só por desencargo, quero que você vigie a casa dela.

– Hoje? Mas eu estou de folga! – protestou. – Além disso, tenho que levar uns remédios para minha mãe agora. Acabei de comprar e ela precisa tomar um deles daqui a uma hora.

– Vamos fazer o seguinte: você fica lá durante umas duas horas, só até aparecer alguém do grupo de investigação. Assim que um deles chegar, passo um rádio e você vai para casa. Eu posso levar os remédios para sua mãe, se não se importar.

– Não me importo – respondeu André contrariado; não queria bater de frente com o chefe de investigações. E, pelo jeito do homem, aquilo não era um pedido.

André foi até seu carro e retirou uma sacola plástica de lá, entregando-a a Geraldo. Este último percebeu que havia outra sacola, da mesma drogaria, no banco traseiro do carro e alertou André a respeito. O rapaz lhe explicou que eram compras para sua namorada Sílvia.

– Absorventes. Ela está naqueles dias! – concluiu com uma careta, despedindo-se de Geraldo.

– Espero que ela não tenha TPM das brabas! – o investigador gritou para o colega, já um pouco distante. O jovem se virou, sem entender.

– O quê?

– E nem seja ciumenta! – Geraldo continuou, sorrindo. – Te cuida, cara!

André deu de ombros e tornou a dar partida.

O policial veterano teve uma ideia: antes de seguir para a casa de André, passaria rapidamente em outro lugar, que ficava ali perto – a drogaria.

***

Geraldo já havia montado seu quebra-cabeça, mas não tinha como conseguir qualquer autorização judicial para entrar na residência de André, baseando-se apenas em suposições ou até mesmo em indícios. Estes últimos eram fortes para a polícia, porém frágeis para a Justiça. O favor que faria ao rapaz viera a calhar.

Quando André entrou na maternidade, sob o pretexto de seguir o suposto Felipe, tudo o que ele queria era visitar Carine; com a "bênção" do colega, foi fácil. No entanto, aquele telefonema fora a ruína do jovem policial: ao responder à moça do cachorro-quente, Geraldo reconheceu sua voz. Era um telefone descartável que ele possuía, assim como alguns policiais... e criminosos também.

O inspetor passou a seguir cada passo do rapaz e, ao avistar a sacola de compras no interior do seu carro, percebeu que ali havia algo mais do que absorventes. Na drogaria, o gerente lhe informou qual fora a compra de André: entre remédios para pressão alta e vitaminas, constavam na nota fiscal uma mamadeira, cremes contra assaduras e um pacote de fraldas descartáveis. Geraldo era um policial antigo na área e os comerciantes lhe passavam informações sem medo, pois sabiam que ele era um profissional confiável e que jamais os colocaria em apuros. Pediu ao gerente que guardasse uma cópia daquela nota, pois seria útil no futuro.

Na casa do colega, pretendia arrecadar a arma do crime e já desconfiava que André tivesse mais de uma pistola. Não duvidava que o jovem tivesse executado os seis estupradores. Seu favor à mãe de André foi mais proveitoso do que ele poderia imaginar, pois dona Sônia era muito dada a conversas e, quando Geraldo lhe mostrou o retrato falado de Ares (embora ele mesmo ainda não soubesse quem era aquele "homem"), a mãe de André deu um grito de espanto e exclamou em seguida:

– Meu Deus, de novo, não! – Ela levou a mão ao peito, como se levasse uma apunhalada.

– O que foi, dona Sônia? A senhora conhece este homem?

– Mas como pode ser? – questionava atordoada e alheia à presença do policial. – Isso foi há 25 anos... como ele ainda está jovem desse jeito? – Seu olhar se voltou para o policial, numa busca desesperada por resposta.

– Quem é esse homem, dona Sônia? – Geraldo segurou-a com firmeza no braço, o que a fez voltar a si. – Isso é muito importante! Ele estuprou sete moças e, não se sabe como, conseguiu jogar a culpa em outros homens, que também foram assassinados.

– Esse homem... é o pai do meu André!

***

– Como eu não percebi isso? – Athena esbravejou ao ouvir as palavras de Sônia na Terra. – Ares já havia feito isto... esse filho dele seguiu os seus passos!

– Cara irmã... e o pior é que eu tenho notícias nada boas – era Hermes, o Mensageiro dos Deuses. – A Carine também foi gerada de um estupro. Ela tem a mesma idade de André. O esposo de Nádia é, na verdade, o seu padrasto; ele a registrou como filha e a criou. Adivinha só quem é o pai? – Embora a questão fosse muito séria, Hermes nunca perdia seu ar irreverente.

– Dois semideuses, filhos daquele louco do Ares... – Athena acariciava sua coruja branca, que estava pousada sobre seu ombro, enquanto pensava. – Carine não foi estuprada – a Deusa teve a súbita revelação.

– Agiram de comum acordo – Hermes concluía.

– Por Zeus! Seria tão bom se fôssemos oniscientes, não acha? – Hermes riu de sacudir os ombros.

– Não reclama... Somos imortais e eternamente jovens, além de sermos poderosos. O que mais você queria?

A irmã deu um sorriso sem graça e prosseguiu, tornando a ficar pensativa.

– Os dois sabem suas origens... mas o que é mais estranho é que nem mesmo a própria mãe do André sabe que foi violentada por um Imortal! Como o filho soube?

– Porque eu contei aos dois! – uma das acompanhantes de Ares, a sua infame irmã Éris, a Discórdia, surgiu e revelou, num sorriso, seus terríveis dentes afiados. – E ensinei a eles o "caminho das pedras", cara Athena!

– Foi um ritual, então?

– Pois é... eu aticei o Ares a estuprar aquelas garotas, enquanto o André e a Carine se preparavam para conceber a cria da guerra – a voz da Deusa da Discórdia ecoou pelos quatro cantos, estridente e maligna. – Ou melhor: A herança da guerra!

– Então, foi por isto que o Ares não conseguiu fazer a Carine abortar – Hermes acertou. – Ele só alcança seus próprios filhos.

– O André matou seis homens e vai acertar contas por isto! – Athena disse com firmeza.

– E daí? – Éris sorriu. – O que importa é que a criança já foi gerada e vocês não podem tocar nela. Estou me lixando para o André! É só um humano descartável.

– Não comemore antes do tempo, Éris – Athena avisou. – Olhe – exclamou apontando em direção à Terra –, aquele policial, o Geraldo, é meu protegido e ele carrega o dom da justiça.

– Oh! – Éris debochou, mas Athena se manteve impassível como sempre. – Não me admiro que ele seja um cético, racional... e ignore VOCÊ! – A voz de Éris parecia agora a de uma bruxa de contos infantis.

– Não preciso que ele creia em mim para poder orientá-lo. E o fato de ele ser nada religioso, isto me agrada... ele pensa, não se deixa levar pelas emoções. Seu deboche não faz o menor sentido, Éris.

– Está bem, está bem... – Éris fez um gesto agitado com a mão, como se indicasse que estava enfadada com aquele assunto. – Agora eu tenho que deixar os dois irmãos cabeçudos, pois preciso "trabalhar". Enquanto isto o seu policial peão pode ficar quebrando a cabeça, porque não estou nem aí!

– Não o subestime... Não *ME* subestime! O André e a Carine vão ter o que merecem. A criança não vai ser criada por eles e eu vou cuidar disso pessoalmente. Você não vai criar um monstro, Éris! – A Deusa da Discórdia fez uma careta e já ia sumir da visão dos outros quando Athena a impediu com um gesto de sua lança. Uma pergunta veio à sua mente: – O que foi que o André quis em troca? O que vocês prometeram? – Diante do sorriso cínico de Éris, Athena prosseguiu: – Não me diga que ele fez isso por devoção a Ares, porque eu sei que não foi! Humanos sempre querem algo palpável em troca...

– Eles são tão carentes, não é mesmo? – Éris a interrompeu. – Como assim, o que ele pediu? Eles sempre pedem tão pouco... se vendem por ninharia! – dito isso, ela se desfez como fumaça.

***

Geraldo conseguiu convencer Sônia a deixá-lo fazer uma busca no quarto de André. Ele logrou apreender duas pistolas: uma oficial e outra com numeração raspada. Em uma gaveta, encontrou fotos de dois dos seis homens que foram executados. O policial telefonou imediatamente para a delegacia e pediu reforços. O confronto balístico demoraria um pouco e não teriam como prendê-lo pelos homicídios. Não naquele momento. De toda forma, o jovem policial, ao chegar a casa e encontrar sua mãe chorando no sofá, foi surpreendido com a voz de prisão pela posse ilegal de arma de fogo.

André jamais imaginou que Geraldo o estivesse manipulando e, certo de que estava agindo livremente, aproveitou que estaria em frente à casa de Carine e chamou seu informante de confiança: o rapaz que entrara na maternidade com as rosas, Diogo. André e Carine haviam combinado que a moça diria aos pais que ele era um amigo da faculdade, logo, teria acesso livre à casa da jovem. Era Diogo quem entregava as compras que o semideus fazia para a filha bebê. O que não sabiam é que tudo fora observado, às escondidas, por outra equipe policial, já alertada pelo inspetor chefe.

Enquanto vasculhava gavetas em uma cômoda no quarto de André, Geraldo não pôde deixar de rir baixo, quando viu volantes de loteria espalhados no fundo. Ele, lógico ao extremo, não sabia como uma pessoa poderia crer que as soluções para seus problemas financeiros pudessem vir através do jogo. Mas André já havia feito suas apostas.

***

Uma semana depois, a perícia concluía que os disparos contra os seis suspeitos de estupro partiram daquela pistola. O destino de André estava selado, mas não só por causa de sua condenação futura e certa. Três dias após a perícia ter apresentado seu laudo, uma senhora do interior do nordeste dividia um prêmio acumulado na Mega-Sena com um carioca. E este "sortudo" já tinha destinação certa para boa parte de sua fortuna recém-adquirida: indenizações aos familiares dos homens assassinados, bem como contratar os melhores advogados criminalistas para tentar livrá-lo de uma iminente condenação.

O que mais inquietava a polícia era o fato de não conseguirem colocar André nos locais e horários de alguns homicídios, inclusive porque em uma das vielas onde ele executou um dos estupradores havia uma câmera escondida.

Segundo a Promotora de Justiça, Jaqueline Moraes, uma jovem loira que procurava esconder sua beleza atrás de pesados óculos de grau, isto poderia prejudicar a acusação, já que era certo que os seis homicídios estavam todos interligados, porém só conseguiam provar a atuação de André em quatro deles.

– O que nos leva a crer que o André não agiu sozinho – a verdadeira delegada Sandra concluía timidamente e agora o inspetor via que seus olhos azuis cederam vez a um verde pálido. *Ela usava lentes de contato, como eu não reparei nisto antes?*

– Eu pedi para trazerem o Diogo aqui – Geraldo disse, explicando à delegada quem era o garoto de recados de André. Ele sabia que poderia se adiantar nas diligências sem consultá-la. Aliás, atualmente Sandra se parecia mesmo com a descrição que colegas haviam dado: uma delegada tímida e pouco atuante, bem diferente daquela que chegara à delegacia com voz de comando e atitudes quase másculas.

Sandra agora se deixava levar pelo inspetor, pois ainda se sentia perdida com tudo aquilo. Todos acreditavam que estivesse com problemas neurológicos ou psiquiátricos, mas exames recentes nada revelaram. Nem mesmo os médicos conseguiam explicar como uma pessoa poderia ter comportamentos tão díspares e não se lembrar de eventos tão atuais.

Diogo chegou uma meia hora depois, conduzido por dois policiais civis até uma sala onde seria tomado o seu depoimento como testemunha. Geraldo e Wallace, este um policial também das antigas, ficaram um de cada lado, ambos de pé, em posições ameaçadoras, com o intuito de pressionar psicologicamente a testemunha.

Foram três horas sabatinando o *nerd*, que apesar de suar frio de maneira ostensiva, insistia na história de que apenas ajudou André a manter contato com Carine, pois achava que ambos eram namorados. Geraldo e Wallace incorporaram, respectivamente, o policial bom e o policial mau. Wallace, com seus quase dois metros de altura, inclinava-se a todo o momento sobre o rapaz magricela, como se fosse reduzi-lo a pó. Diogo tremia de medo, mas acreditava que nada de mais grave poderia acontecer.

– Alguém sabe que está aqui agora? – Wallace questionou com fúria ensaiada na voz.

– Não... – Realmente, os policiais haviam abordado Diogo quando este voltava da faculdade, e se cercaram de cuidados para que ninguém conhecido o visse entrando na viatura.

– Então, seu merda! Se acontecer alguma coisa com você, ninguém aqui vai se dar mal, está me entendendo? – Wallace chegou a cuspir as palavras no rosto do rapaz, que começava a se encolher mais na cadeira, cuja perna traseira estava propositalmente bamba – um truque a mais para deixar o suspeito desconfortável.

Neste momento, Geraldo colocou a mão no ombro do colega, pedindo que se acalmasse; sentou-se em frente a Diogo. Seu olhar, ao contrário de Wallace, era frio e penetrante.

– Eu exijo falar com meu advogado!

– Está assistindo muito seriado americano, rapaz. Você tem direito a um advogado se estiver preso, ninguém foi preso aqui, portanto estamos agindo dentro da lei.

– Vocês acabaram de me ameaçar! – O garoto quase chorava.

– Meu amigo é nervoso e, vamos combinar, ele tem razão – Geraldo deu um meio sorriso seguido de um olhar condescendente. Em seguida, perguntou onde Diogo estava nos dias e horários dos homicídios não executados por André. O rapaz respondeu que estava em casa, mas o policial rapidamente o desmentiu com base no depoimento do porteiro do prédio. – Nós também descobrimos que a caligrafia utilizada para gravar "o deflorador" no tórax das vítimas, não era a mesma – o inspetor concluiu, exibindo as fotos dos cadáveres. – Está vendo? – Apontava para as inscrições nos corpos, em que era nítida a diferença. André utilizara letras de imprensa e muito firmes, já os outros cadáveres tinham inscrições com caligrafia irregular, arredondada e mais superficial.

– A mocinha que fez isso aí, das duas uma: ou estava se borrando de medo ou então não tem força pra rasgar um morto! – Wallace dizia com sarcasmo contundente e Geraldo percebeu um brilho diferente nos olhos de Diogo. – Sabe o que eu acho? Eu acho que ele deve ter sido estuprado por aqueles caras e resolveu se vingar!

– Eu não sou *gay*! – o grito de Diogo saiu esganiçado, seu olhar beirava a loucura. Seu ponto fraco fora atingido.

– Você matou aqueles homens por que seu amigo André pediu?

– Eu não matei ninguém! – ele tentava se recompor.

– Nós sabemos que você comprou um carro novo... – Geraldo disse sombriamente. – E sabemos também que você não tem dinheiro pra isso. Para de dar cobertura a ele, porque ele já te entregou! – o inspetor blefou. – Ele é policial, sabe como funcionam as coisas... e vai te arrastar com ele. Não é melhor nós ouvirmos a sua versão? Você foi obrigado, de alguma forma? A promotora e o Júri vão entender...

– Claro que foi obrigado! – Wallace ria. – Essa "mocinha" aí não tem peito pra matar alguém se não estiver sendo forçado.

– Eu fiz porque eu quis, seu desgraçado! – Diogo, tentando avançar contra Wallace, era contido por Geraldo. O policial "mau" percebeu que o suspeito já estava "no ponto" e saiu da sala, deixando o colega concluir o interrogatório.

Após acalmar um pouco o depoente, Geraldo se sentou outra vez e continuou:

– O que o André te ofereceu para você matar aqueles homens?

– Não foi o André... – Diogo respondeu num sopro de voz, quase chorando.

– Aquele carro que você diz que comprou, nós já sabemos que é roubado. – Diante do olhar assustado, o inspetor prosseguiu satisfeito. – O André pegou aquela "cabra"[4], colocou uma placa fria e te enganou direitinho, não foi?

– Roubado? Mas ele disse... – Diogo tremia de ódio. Desde criança o faziam de bobo e agora ele iria se vingar, mostrar que não era um covarde, tampouco um idiota.

– Um homem que fez o que ele fez pode mentir sem remorsos, você não acha? Por que você o ajudou? Não foi só o carro, foi?

– Não... O carro foi um presente, mas eu não sabia que veio dele. Ela disse que...

– Ela?

---

[4] Gíria policial usada para definir o veículo produto de crime, que fica acautelado provisoriamente até que lhe seja dado destino de acordo com a lei.

– Foi a Carine – Diogo tinha um olhar triste de derrota. – Ela disse que um daqueles dois é que a havia estuprado e que o outro a estava ameaçando agora, pois os dois seriam comparsas... Eu queria protegê-la...

– Você gosta dela! – Geraldo acertou em cheio e viu o mundo de Diogo desabar naquele instante.

– Eu acabei com aqueles caras e ela disse que eu merecia um prêmio por eu ter sido tão corajoso e protetor, que ela me devia a vida e que jamais esqueceria do que fiz... Eu pensei que ela fosse ficar comigo, porque tinha me dado a entender isso, mas só me entregou a chave daquele carro e disse que era minha recompensa.

Geraldo acabou coletando os detalhes que precisava a mais para fechar o caso. Após ele ter assinado seu depoimento, Geraldo pediu que Wallace entregasse à delegada. Ela prontamente redigiu uma representação pela prisão preventiva de Diogo e enviou por fax à promotora Jaqueline, que deu parecer positivo. O juiz recebeu e concedeu. Em menos de uma hora, a delegacia recebia o mandado de prisão. A celeridade se deu graças ao bom relacionamento entre a delegacia, a Promotoria e o Juízo, pois na maioria dos casos talvez levasse alguns dias.

Horas mais tarde, Diogo saía algemado para a viatura que o levaria à prisão, onde ficaria acautelado até que um bom advogado conseguisse sua soltura provisória ou até seu julgamento definitivo. Geraldo e Wallace ficaram do lado de fora da delegacia, olhando a viatura se afastar. O primeiro comentou com ar desolado:

– Isso é o que acontece com pessoas que exageram na dose de amor. Dizem que a diferença única entre o remédio e o veneno é a quantidade ministrada.

– Está ficando sábio depois de velho?

– Sabedoria? – perguntou sem entender e, de repente, a imagem do símbolo da sabedoria veio à sua mente: a coruja branca.

***

Seis meses depois, André recebeu em sua cela a notícia de que Carine sofrera um acidente de carro fatal, quando dirigia o veículo de sua mãe. Ela viajava até o interior de Minas Gerais com a desculpa de que ia visitar parentes, mas, na verdade, tentava fugir, pois Diogo a estava afundando cada vez mais. No seu caso, a prisão preventiva fora indeferida, mas ela não queria arriscar. Levava a pequena Márcia junto. Até o nome da criança fora escolhido com cuidado; Márcia deriva de Marte, o nome do Deus romano associado a Ares.

Carine dirigia em velocidade compatível com a estrada e ninguém ficou sabendo como o carro capotou. O mais surpreendente foi que encontraram a criança sentada em sua cadeirinha, no banco de trás do carro, sem um arranhão sequer. Ela apenas chorava muito. Antes mesmo que algum parente de Carine ou de André procurasse a criança para obter a guarda, um mendigo apareceu do nada no local. Sem ser visto pelos bombeiros, policiais ou demais curiosos que cercavam a área do acidente, retirou a menina de dentro da ambulância e a levou. Enquanto caminhava pela estrada, a criança o encarava nos olhos, como se o conhecesse. Quando já estava bem longe, Hermes voltou à sua forma original:

– Oi! Sou seu tio Hermes! Guardião das estradas e dos viajantes... e, segundos as más línguas, Rei dos ladrões e trapaceiros... – A menina riu divertida em seu colo. – Athena me pediu pra te sequestrar, porque eu sou muito bom nessas coisas! Minha irmã é muito certinha para fazer isso.

Márcia se contorcia de rir no colo do Mensageiro dos Deuses, quando este parou de caminhar e ambos desapareceram como se tivessem virado poeira. A viagem de segundos os levou até a Somália, onde Athena já os aguardava.

– Pronto! – Hermes entregou a menina à irmã, que a examinou meticulosamente. – Mas por que trazê-la para cá?

– Ah, Hermes! Você não é bobo como o Ares. Ela vai ser criada em um dos países que ainda mutilam sexualmente as meninas, onde não tem praticamente chances de ser ouvida. Em um país ocidental seria fácil para ela se tornar uma governante, mas aqui... – Athena dizia contrariada. – Eu não gosto disto, mas foi o único meio. As Moiras disseram que ela vai viver e nem o próprio Zeus pode mudar o que as Moiras traçaram. Contudo, nós podemos mudar a forma como ela vai levar sua vida.

– Ela vai acabar se destacando, de alguma forma – Hermes observou. – A população aqui é negra e ela é uma criança quase loira! Vai chamar atenção.

– Ela é minoria aqui.

Hermes arqueou uma sobrancelha e ficou olhando a Deusa da Sabedoria, disfarçada de nativa, misturando-se às pessoas. Quando ela voltou, já havia deixado Márcia na porta de uma família humilde. Ela prometera a Zeus que acompanharia a criação da garota, para que nada desse errado. Após informar a Hermes que estava feito, ambos desapareceram. Mal sumiram, outra dupla surgiu; ambos gargalhando feito loucos. Eram Ares e sua companheira de guerra, Éris.

– É, Athena! Muito inteligente mesmo trazer minha neta para cá! – ele gargalhava assombrosamente.

– Justo onde até crianças pegam em armas! – Éris quase chorava de tanto rir. – O fato de ela ser mulher... Ah, nós damos um jeito! Um desafio sempre é bem-vindo. – Uma explosão de gargalhadas se misturou às dele.

– Demorou, mas eu te peguei, Athena!

***

Vinte e cinco anos depois, uma mulher ficou conhecida mundialmente por lutar pelos direitos das mulheres da Somália e países adjacentes. Criada por uma família humilde, Márcia Silveira da Costa ficou conhecida na Somália como Hawo. Este nome lhe fora dado pelos seus pais adotivos, em homenagem a Hawo Tako (mulher notável que desempenhou um papel importante na luta da Somália pela independência). Ela caiu nas graças da primeira-dama do Egito quando, aos 15 anos de idade, participava de uma passeata em protesto à prática cruel da circuncisão feminina, uma mutilação impiedosa que vitimava somalianas e muitas outras mulheres havia séculos. Hawo se tornou afilhada da primeira-dama e, daí em diante, sua vida girou em torno da luta pela liberdade e igualdade entre homens e mulheres na África.

Sentada com sua coruja no ombro, Athena ria ao lado de um Ares extremamente aborrecido. Eles assistiam, ao lado de Hermes e dos demais Deuses, a neta do Deus da Guerra se tornando a heroína das mulheres no mundo africano. Ela conseguia isto de uma forma que não gerava conflitos; os homens, embora resistissem às suas ideias, não a atacavam diretamente. Hawo era firme, corajosa e não temia qualquer confronto, mas também era prudente e sábia.

– Você achou que tinha me pegado dessa vez? – Athena virou a cabeça para olhar para o irmão, enquanto os demais Deuses riam. – Eu escolhi aquela terra sofrida na África, justamente porque era onde eu mais precisava colocar uma representante minha, alguém que tivesse condições de quebrar tabus, de ser ouvido, já que as mulheres de lá precisavam disto urgentemente. Eu sabia que você estava me ouvindo naquele dia em que deixei a Márcia... Eu e Hermes ensaiamos aquela conversa toda!

– Ela nasceu de dois filhos meus! – Ares esbravejou. – Você não tinha nada que se meter!

– Ela é minha sobrinha! Esquece que, infelizmente, somos irmãos? – Athena piscou o olho para ele. – Além disto, eu a criei! Você bem que tentou, Ares, mas eu venci de novo... Deflorador! Agora, sua neta está lutando pacificamente pelos direitos das mulheres. Justo! Muito justo.

Ares deu as costas para os Deuses e rumou em direção à Terra, onde tinha muito trabalho a fazer. Apesar de humilhá-lo mais uma vez, Athena estava inquieta e Hermes percebeu. O astuto Deus se aproximou da irmã e comentou, adivinhando seus pensamentos:

– Você está preocupada. O que poderia dar errado?

– Nunca vi a balança de Têmis em equilíbrio... Você já viu? – Sabedora da resposta, deu um sorriso triste e Hermes entendeu a mensagem silenciosa, que 10 anos depois se confirmaria.

***

André já cumprira toda a sua pena pelos homicídios, já que a lei não permite que uma pessoa passe mais de 30 anos presa, independentemente do tempo a que fora condenada. Ele assistia à televisão em casa, a mesma casa que fora de sua falecida mãe, já que o dinheiro ganho no jogo se esvaiu como água. Trocava eventualmente de canal quando uma notícia internacional chamou sua atenção. As imagens eram chocantes e mostravam homens mutilados e sangrando pelas ruas. Gritavam por piedade e por socorro. Ele não havia assistido o noticiário desde o início, mas chegou a ouvir a repórter dizendo as seguintes palavras:

– Após séculos sendo dominadas e mutiladas, as mulheres africanas se rebelam e resolvem retribuir com a mesma moeda. Tudo começou na Somália, após Hawo esquartejar seu marido num inexplicável acesso de fúria e ser presa em flagrante. Suas seguidoras se revoltaram e iniciaram algo

jamais visto na região: lutaram contra o domínio dos homens! Não se sabe ao certo como, mas elas formaram exércitos armados e razoavelmente treinados. As autoridades temem um holocausto. É o retorno das Amazonas!

Dessa forma dramática e, de certa forma poética, a repórter encerrou seu texto, que fez surgir no rosto envelhecido e aborrecido de André um sorriso aberto e espontâneo. No sofá ao seu lado, uma figura que ele vira somente uma vez na vida, quando ainda era jovem, surgiu. Éris gargalhava satisfeita.

– Sabe qual é o problema ao qual Athena não deu a devida atenção? – Ele permaneceu calado e sorrindo, aguardando a resposta. – A História da Humanidade é cíclica e os pratos da balança jamais ficam equilibrados! – Éris olhou para a televisão, que agora exibia cenas de comerciais, em seguida desviou o olhar para a janela da sala, divisando o céu azul, e comentou: – Não existem inocentes, existem fracos e fortes e são estes que ditam as regras. Mas isto nada tem a ver com inocência; os fracos só não comandam porque não nasceram para isto... E é aí que eu entro. Eu adoro uma contenda!

– Como conseguiram fazer a minha filha virar a casaca daquele jeito? – André perguntou. – Ela era tão humanitária!

Éris arqueou uma sobrancelha, em desprezo à lentidão de raciocínio humano, mas respondeu sem ironias:

– Você não entendeu nada, não é? Aprenda uma coisa, meu caro sobrinho de existência vazia e limitada... – Então, ela proclamou quase solenemente: – Aquele que reclama por direitos hoje é certamente o opressor de amanhã!

Fernanda W. Borges é pós-graduada em Direito Penal e Processual penal e atua na área de Segurança Pública do Rio de Janeiro há 15 anos. É roteirista e autora dos *thrillers* policiais *Orgasmos Fatais* (2011), *O Reverso do Destino* (2013) e *Sob o Signo de Escorpião - Parte 1* (2016), obras que retratam seu estilo *neonoir*. Seus contos digitais *O Suvenir da Iara* e *O Jogo do Copo* (ambos de 2014) têm ênfase no sobrenatural e no terror psicológico. Contato com a autora: *wfernandaborges@gmail.com*

AS ESCOLHAS DE GOTTLIEB

O. A. Secatto

"A vida é a soma de todas as suas escolhas."
Albert Camus

"Você é livre para fazer suas escolhas, mas é prisioneiro das consequências."
Pablo Neruda

– O que foi, amor? Está suando.

– Um pesadelo... Meu Deus! – respondeu o marido, livrando-se dos lençóis. – Que visão horrível.

– O que era?

– Fogo, e um cheiro de enxofre insuportável. Eu estava na cela da delegacia. Uma fenda se abriu no chão, e, por pouco, as labaredas não me pegam. Um espectro olhou para mim e desapareceu nas chamas.

– Vá tomar um banho, que está todo suado. Foi só um sonho.

– Espero que sim.

***

– Emergência. Sim. O quê? Sangue nas janelas? O seu nome? Qual o endereço, senhora? Uma viatura já está a caminho. Não, não saia de casa.

***

– Delegado?

– Pode entrar – murmurou, fechando um inquérito e pondo-o no canto da mesa.

– Estava calmo demais, doutor.

– O que foi?

– Um homicídio na nossa estatística.

– Droga. Era só o que me faltava. Eu sabia que começar o dia com um pesadelo não era bom presságio.

– Nunca ouvi o senhor falar de pesadelo.

– E não me lembrava mais de quando tive um.

– Muito ruim?

– Esquisito.

– Esquisito como?

– Pareceu coisa do inferno: fogo e enxofre no ar. Acordei com o maldito cheiro no nariz.

– Credo!

– É, credo mesmo. Vamos lá ver, então. – Levantou-se e vestiu o terno. – Muito feio?

– O pessoal falou que é de embrulhar o estômago.

– Vamos ver se é mesmo. Depois desse pesadelo, não é qualquer coisa que vai me incomodar.

***

O delegado e o investigador foram passando pelos curiosos e, então, pelos policiais militares. Na garagem da casa, apenas um carro com a lataria toda riscada. Uma grande janela de vidro transparente suja de sangue mostrava uma cortina retalhada e peritos tirando fotos lá dentro.

– Meu Deus! Que animal fez isso? – arrepiou-se o investigador.

– Realmente. Será que uma pessoa conseguiria fazer tudo isso? – completou o perito, ali perto.

Um rastro de sangue ia da sala para a cozinha, onde se encontravam, pelo chão, inúmeros pedaços do que fora um corpo humano. O cheiro de morte era intoxicante e agredia até o mais acostumado olfato.

– Ela foi esquartejada – explicou o delegado. Então, apontou para o militar. – Já sabem quem é a família da foto?

– Se juntarmos os pedacinhos, teremos a mulher.

O delegado não moveu um músculo do rosto, mostrando não ter gostado muito da brincadeira. O militar se recompôs.

– Bem, doutor, o homem, segundo a vizinha que nos ligou, é advogado, e a menina, filha deles, está passeando na casa dos avós, numa cidade aqui perto.

– Advogado?

– Sim.

– E cadê ele? – perguntou, olhando para o investigador. – Quero o endereço do escritório dele para ontem!

– Já vamos ver, doutor.

Estavam saindo quando pôs a mão no ombro do investigador para segurá-lo.

– O que é isso?

– Onde? O carro está todo riscado.

– Sim, mas aqui... – ambos se agacharam.

– É, dá para ler, parece "EF 6 11 12". Mas o que quer dizer?

– Não sei, mas vamos descobrir. O endereço?

– É pra já, doutor.

***

– Sim? – falou uma voz feminina ao interfone.

– Aqui é a polícia. Precisamos falar com o Dr. Gottlieb.

– Claro, só um minuto.

O sol estava já alto no céu e castigava a todos com um calor sem precedentes. Parecia o próprio inferno. Incomodados, esperavam impacientes, quando a trava estalou e a porta se abriu.

– Boa tarde.

– Boa tarde. O Dr. Gottlieb está? – perguntou o delegado.

– Não. Algum problema?

– Quando volta? Precisamos falar com ele.

– Então, policial...

– Delegado – corrigiu o investigador.

– Então, delegado, realmente há algo de estranho.

– O que, exatamente?

– Sexta-feira passada, o Dr. Gottlieb tinha vários clientes na agenda, mas ninguém apareceu. Só veio o último, o das 15h. Uns cinco minutos depois, ambos saíram juntos. O Dr. Gottlieb não respondeu quando eu lhe disse tchau. Pareceu nem me ver, como se estivesse em transe, sei lá.

– Em transe? – ressoou o delegado.

– É, muito esquisito.

– Esquisito como um pesadelo? – insinuou o investigador, olhando para o delegado de esguelha.

– E ele não deu mais notícias?

– Não, doutor. Em plena segunda-feira, já são mais de 16h e ainda nenhuma notícia dele. É estranho, muito estranho. Só não é mais estranho do que o homem que saiu com ele. Sujeito esquisito.

– Como assim?

– Não sei. Imagine alguém nesse calor do inferno, debaixo desse sol, todo coberto de panos pretos: camisa, gravata, terno, sobretudo! Tudo preto. Mas isso é o de menos. A voz, o olhar dele... Credo, dá até um arrepio de lembrar. A presença dele era realmente perturbadora.

– Qual o nome desse cliente? – perguntou o investigador.

– Deixe-me ver... "Sr. Teufel". Parecia mesmo um alemão. É alguém conhecido?

– Não, não parece familiar. Nome esquisito esse. Você tem os dados dele, telefone, endereço?

– Não, nada. Ele não é cliente do escritório: foi a primeira vez que veio. E espero que tenha sido a última – confessou com um arrepio.

– Disse a que veio? Qual era o motivo da reunião, ele comentou?

– Não, só disse que era um assunto pessoal com o Dr. Gottlieb.

Enquanto o investigador fazia algumas perguntas, o delegado passou toda a recepção com os olhos.

– Aquela câmera ali está funcionando?

– Sim, delegado.

– Preciso ver a gravação de sexta.

– Eu vou ver se...

– Agora! – ordenou com um grito.

A secretária começou a verificar seu computador, apreensiva.

– Aqui está.

Os policiais foram para trás do balcão e começaram a assistir ao vídeo. Nele, Gottlieb parou no balcão assim que chegou e mostrou a mão à secretária.

– O que foi isso? – interveio o delegado.

– O Dr. Gottlieb reclamou que sua marca de nascença na mão estava doendo e que nunca havia doído. Era estranho, porque a marca parecia brilhar, como se estivesse em brasa.

Passaram o vídeo para frente. Gottlieb chegou após o almoço. Segundos antes de o misterioso cliente chegar, a imagem começou a ficar chuviscada. Assim que entrou, olhou para a câmera, mas no lugar do rosto só havia uma sombra tremulando. A imagem sumiu, restando pura estática. Pouco depois, a imagem voltou ao normal. Teufel entrara na sala de Gottlieb. Atrás dos policiais, a secretária roía as unhas compulsivamente ao reviver a cena. Quando a porta da sala se abriu, cinco minutos depois, a mesma estática tomou conta do monitor. Era como se Teufel não quisesse ou não pudesse ser filmado.

O delegado entrou na sala de Gottlieb, mas não havia nada de estranho à vista. Notou alguns processos e pastas sobre a mesa, e uma bíblia aberta com uma caneta-tinteiro a marcar uma página, mas não se interessou por ela. Voltou à secretária, que permanecera na recepção.

– De qualquer forma, obrigado pelas informações. – Refletiu por um segundo e voltou a ela. – Por acaso “EF 6 11 12” significa alguma coisa para você? Alguma coisa do Dr. Gottlieb?

– Não, não que eu saiba.

– E só mais uma coisa: ele não tem celular?

– O Dr. Gottlieb tem, sim, mas estou tentando desde cedo, e ele não atende. O telefone de casa também toca até cair.

– É, parece que não tem ninguém vivo para atender – ironizou o investigador, já se arrependendo da brincadeira ao olhar para o delegado.

– Como assim? – questionou a secretária, assustada.

O delegado suspirou. Ela ia acabar sabendo de uma forma ou de outra.

– Seu patrão é suspeito de assassinar a própria esposa.

– Meu Deus! – desesperou-se, pondo-se a chorar.

O investigador não lhe deu muita atenção; o delegado já saía, quieto.

– Obrigado. Depois vamos precisar que deponha na delegacia.

Já estavam na rua quando o investigador comentou:

– É, delegado, o negócio está bem mais que esquisito.

***

– Alguém por acaso já descobriu o que significa isso?

– Perdão, doutor – respondeu um investigador no canto –, mas pode ser qualquer coisa: um código, uma senha, um lugar e uma data, ou hora, coordenadas, ou pode não ser nada mesmo.

– Sério? – ironizou o delegado. – E vocês estão aqui para me dizer o que eu já sei?! O que diabos significa "EF 6 11 12"?!

– Ué, isso é citação da bíblia: "Efésios, 6:11-12" – disse o escrivão que entrava na sala com o café na mão. – Vocês não leem a bíblia, não?

– Não – disse o delegado com cara de poucos amigos. Olhou para o investigador. – Está esperando o quê? Arranje uma bíblia!

– Para quê? O sabichão deve saber: o que é?

– Opa, calma lá. Parece uma citação, mas não tenho certeza. E eu não sei a bíblia de cor. Nem vem.

– Aqui está, doutor – disse uma escrivã, com o santo livro nas mãos.

– Obrigado.

Abriu, procurou com dificuldade pela falta de hábito e leu: "Revesti-vos da armadura de Deus, para que possais resistir às ciladas do demônio. Pois a nossa luta não é contra o sangue e a carne, mas contra os principados e potestades, os dominadores deste mundo tenebroso, os espíritos malignos espalhados pelos ares".

Um silêncio se fez, seguido por caras de espanto e arrepios involuntários.

– Está todo mundo com medo aí? – perguntou o delegado, parecendo ser o único cético.

– Não devíamos brincar com isso, doutor – atalhou a escrivã, apegando-se ao crucifixo do cordão de ouro no pescoço. – Não parece algo deste mundo o que esquartejou a mulher daquele jeito.

– Menos, pessoal, menos. Os únicos que podem fazer o mal neste mundo são os vivos. Quem fez aquilo é um homem, nada mais que um homem. E o nome dele é Gottlieb.

***

Gottlieb estava perdido no tempo e em suas lembranças. Tentava entender onde estava e aonde ia quando viu os policiais entrando em seu escritório. "Meu escritório". Alguma coisa voltava à mente. Mas algo lhe disse para sair dali, evitar a polícia. Por quê? Não conseguia responder à própria pergunta. Deu meia-volta e desapareceu por uma ruela lateral.

– Como é possível? – sussurrou para si mesmo. – Não consigo lembrar nem mesmo como cheguei aqui. Não me recordo do último quarteirão. O que aconteceu cinco minutos atrás? Como eu sabia o caminho para o escritório? O que são estas manchas na minha roupa e esta sujeira nas unhas?

Um homem estranho, todo de preto e de sobretudo naquele calor impensável, passou por Gottlieb e o cumprimentou. Ele tentou se virar e interpelá-lo, mas o homem tinha desaparecido feito névoa. "Enfiou-se onde, nesse segundo que levei para me virar?" A ruela estava vazia. A mão ardeu, e ele a pôs no bolso com semblante de dor.

Seu instinto o conduzia ao escritório. Esgueirou-se pela esquina e, quando os policiais já haviam saído, correu para a porta. Não tinha nenhuma chave nos bolsos. Apertou o interfone. Após ouvir a voz trêmula da secretária, entrou apressado.

– Dr. Gottlieb? – gaguejou ao recepcioná-lo.

– Sim, mas qual é o seu nome mesmo?

– O senhor não se lembra?

– Perdoe-me, não tenho memória de dez minutos atrás. Você é minha secretária, não é? O que está acontecendo? Diga-me, pelo amor de Deus!

– Doutor, o senhor está sendo procurado pela polícia.

– Por quê? O que houve? – deu um gemido e segurou a palma da mão.

Ela não teve coragem de dizer. Também não acreditava que o patrão fosse capaz de tirar a vida da própria esposa. Mas viu as manchas na roupa e deu um passo para trás. Então, pôde ver a marca em sua mão, vívida como brasa.

– Dê uma passada em sua casa, doutor – aconselhou ela com a voz hesitante.

– Eu não me lembro do endereço. Inferno! O que é isso? Não sei nem mesmo onde moro!

– Aqui está o endereço, é fácil, bem perto daqui, o senhor vai lembrar. Mas vá agora, antes que a polícia volte.

– Obrigado, obrigado mesmo.

Saiu sob o olhar de espanto e receio da secretária. Metendo-se na ruela novamente, andou a passos rápidos à sua casa. Ela pôs a mão sobre o telefone, mas não ligou.

***

Uma viatura da polícia militar guardava a frente da casa. Parou a um quarteirão dali e não avançou, temeroso. Providência ou não, um táxi passou ao seu lado naquela pacata rua lateral. E freou um pouco adiante.

– Gottlieb? Gottlieb! Meu pequeno, venha cá, pelo amor de Deus.

Ele se aproximou com desconfiança.

– Quem é a senhora?

– Não se lembra de mim? Sua tia, Brunilde.

– Perdoe-me, senhora, mas não me lembro.

– Entre aqui, rápido, precisamos conversar.

Sem memória e impedido de entrar na própria casa, não vislumbrou muitas alternativas. Venceu o receio e entrou no táxi.

***

Na casa da tia, Gottlieb tentava se lembrar de alguma coisa, sem sucesso.

– Tome, meu pequeno, mastigue isto – disse a tia, dando-lhe um pedaço de alguma raiz.

Ele aceitou com hesitação, pôs na boca e mordeu. Cuspiu no mesmo instante.

– Credo, que coisa horrível!

A tia pegou a raiz mordida do chão e lhe deu novamente.

– Tome, e agora mastigue sem reclamar. Isto vai lhe devolver um pouco da memória.

– Como sabe?

– Já, já lhe contarei uma história.

***

Na delegacia, os investigadores estavam todos apreensivos com a cobrança do delegado. Já haviam acabado com o estoque de café, e os fumantes estavam ficando sem cigarro.

– Bando de incompetentes! Nenhum rastro desse tal Gottlieb? Ele não tem parentes aqui na cidade?

– Doutor, os parentes conhecidos são os sogros, que estão com a filha dele. Já enviamos dois investigadores para lá. Logo, logo mandam notícias.

– Logo, logo... Não temos tempo! Ao que tudo indica, a mulher foi morta na madrugada de sexta para sábado. Já faz três dias que esse traste está à solta, e não temos nenhuma pista. Eu quero saber *agora* se ele tem parentes aqui. Liguem para aquela secretária dele. Agora!

***

O gosto amargo da raiz era insuportável e dava a Gottlieb todas as nuanças de nojo possíveis. Era algo deveras intragável. A tia, então, começou a despejar a água quente da chaleira numa xícara com ervas secas.

– Perdão, tia, mas não dá para ficar com esse troço na boca.

– Já mastigou bastante, pode engolir agora.

– Engolir? – espantou-se, com a mão na garganta. – Como?

– Assim – a tia segurou-lhe a nuca com uma mão e tapou-lhe a boca com a outra. – Engula!

Não lhe sobrou alternativa.

– Eca!

– Tome, beba este chá que vai melhorar o gosto ruim na boca.

Deu uma cusparada no melhor estilo paquidérmico. O chá era bem pior. E quente.

– A senhora está de brincadeira?! Se o tio estivesse vivo...

– Lembrou-se do seu tio, hein? Já está melhorando mesmo, como me prometeram.

– Nossa! É verdade. Algumas coisas estão voltando, mas muito devagar e embaralhadas. Por falar nisso, por que estou aqui com a senhora? Onde estão minha esposa e minha filha?

– É bem disso que precisamos falar. Meu querido, você é suspeito de ter matado sua própria esposa...

– Tia... – balbuciou. – Que besteira é essa? – indignou-se, com os olhos arregalados.

– Por que você acha que havia uma viatura da polícia militar na frente da sua casa?

– Na verdade, não sei, mas... – Sua pele empalidecera visivelmente. Ele tremia.

– Você precisa saber de uma coisa, querido.

***

– Quero saber quem é esse tal de “Sr. Têufel”. E logo.

– Não, delegado. Como é que a secretária disse mesmo? Ela falou que o homem estranho a corrigiu: pronuncia-se “Tóifel” em alemão.

A escrivã sentiu um arrepio tomar-lhe todo o corpo.

– Como é que disse?

– “Tóifel”.

– Escreve-se T-E-U-F-E-L?

– É, por quê?

Arregalou os olhos e, em seguida, fechou-os com força. Os arrepios faziam-na tremer na cadeira; os papéis lhe caíram das mãos, dando lugar ao crucifixo novamente.

– Deus nos proteja!

– Que isso? – inquiriu o investigador já perdendo a paciência.

– Eu disse que não devíamos brincar com isso, doutor, eu disse! Efésios 6:11-12: "ciladas do demônio... é contra os espíritos malignos que lutamos." – e passou a descontrolar-se.

– Que isso? – agora o delegado. – Por que isso?

– Ele nem se escondeu, doutor, nem se escondeu!

– Como assim?

– "Teufel" é "Diabo" em alemão, "Diabo"! É o próprio demônio!

– Não há demônio algum. Você é uma policial, mulher, recomponha-se!

Ela foi levada dali pelo outro escrivão. O delegado se voltou ao investigador.

– Era só o que me faltava agora: crendices.

– Desculpe, doutor, mas, se está na bíblia, não pode ser crendice.

– Poupe-me das suas baboseiras religiosas. Para o raio que o parta! – explodiu o delegado, enquanto saía da sala batendo os pés.

– Não estou gostando nada disso. Até eu estou começando a sentir cheiro de enxofre nisso...

***

– Tia Brunilde, pelo amor de Deus, o que está acontecendo?

Gottlieb nunca estivera tão confuso.

– Vejo que seu passado está realmente voltando para assombrá-lo, meu pequeno.

– Não estou entendendo.

A tia pousou a mão sobre as dele na mesa, carinhosa.

– Seus pais morreram quando você ainda era muito menino. E de maneira muito misteriosa, confesso. Você foi a única alegria da vida deles, por isso que o batizaram Gottlieb: "amor de Deus".

– Sim, já ouvi essa história, tia...

– Escute! Seus pais eram muito religiosos. Talvez por isso você tenha sido salvo de uma doença desconhecida logo ao nascer. Pareceu milagre. Os médicos não souberam explicar. Mas, logo depois, seus pais faleceram num acidente de carro.

– Essa parte era melhor nem ter lembrado.

– Depois disso, como sua única tia, criei-o como se fosse meu filho.

– Aonde quer chegar, tia?

A senhora engoliu em seco.

– Gottlieb, há um incidente que, por Deus, queria que tivesse ficado no passado. Mas parece que levanta do túmulo para nos fazer uma visita de mau gosto.

– O quê?

Ela se levantou e fechou as cortinas. A cozinha ficou escura.

– Depois que seus pais morreram, você adoeceu novamente. Já estava quase desenganado quando o levei a uma benzedeira. Não havia mais nada a fazer, e você não melhorava. Quando chegamos, passamos por uma cigana na calçada, que pedia esmolas, e entramos na fila. Na nossa vez, a benzedeira pegou você pelos bracinhos, fitou os seus olhinhos tristes e, para meu espanto, arregalou os olhos, como que com medo, e numa expressão aterrorizada, gritou: “Deus! Não posso ajudá-lo, menino. Vá embora, por favor.”

– Credo, tia, não me lembro disso. – Gottlieb ouvia perplexo as palavras sussurradas da tia.

– Você era muito pequeno. Mas espere. – Ela voltou a olhar para a janela atrás das cortinas. – Pois, ao sairmos, debaixo de olhares perplexos, você tropeçou na cigana. Ela o ajudou a se levantar. Era uma moça muito bonita, apesar de estar toda suja e com as roupas fedendo. Ao colocá-lo de pé, deu um suspiro de temor e soltou você. Não entendi. Eu o peguei e fomos embora. Ela deve ter nos seguido, porque tive uma surpresa na tarde do mesmo dia.

– O que, tia? – A impaciência do advogado transparecia em cada gesto e olhar. A tia suspirou fundo antes de continuar.

– Apareceram na minha porta a cigana e um cigano muito alto e forte. Devia ser maior que a própria porta – contou, apontando para a porta da sala. – Pediram para entrar. Eu estava muito desconfiada, mas deixei. Ela ficou do seu lado no sofá, enquanto o cigano se ajoelhava na sua frente e pegava em suas mãozinhas. Seu tio não estava em casa ainda, e meu medo foi crescendo. Ele começou a falar umas palavras numa língua estranha. Tentei intervir, mas a cigana fez sinal para que eu esperasse mais um pouco. Você foi ficando fraco e começou a desmaiar no sofá, enquanto o cigano parecia ir se encolhendo, curvando-se sobre as próprias pernas.

– Como é que eu não me lembro disso?

– Quando terminou a vozeria esquisita, a cigana saltou do sofá para segurar o homem, e eu corri para abraçar você, Gottlieb, tão fraquinho e doente. O cigano se levantou, e então tive muito medo. Começou a falar de novo naquela língua que não dava para entender nada, mas a cigana foi traduzindo.

– E o que disseram? – perguntou apressado. A curiosidade o consumia.

– Ele viu o mesmo que a benzedeira. Havia uma sombra sobre você, Gottlieb, uma sombra muito grande e maligna. Ele me deu um colar de prata com um pingente de pedra-sabão, um amuleto, como disse. Era para você esfregar todo dia até que o mal passasse. Disse que tudo em sua vida dependeria de suas escolhas, de como decidiria enfrentar suas dificuldades e suas próprias desgraças, que teria que aceitar algumas para não sofrer desgraças maiores.

– Não me lembro dessas situações, tia. Nada.

– Meu pequeno Gottlieb, eles que me deram essa raiz que você mastigou e as ervas para o chá que você tomou. Disseram que seriam úteis "caso tivesse feito uma escolha errada..." E foram.

Ela olhou para as mãos do sobrinho.

– Gottlieb, o que é isso na sua mão?

– Uma marca de nascença que tenho, tia.

– De nascença? Gottlieb, eu o criei e dei-lhe banho muitas vezes. Nunca a vi. Desde quando você a tem?

– Já disse, tia, nasci com ela.

Brunilde desconfiou daquela marca avermelhada. Estranhou ainda mais o sobrinho.

– Sua memória, Gottlieb, como está?

– Muita coisa está voltando mesmo à memória, mas...

– Você matou sua esposa? – inquiriu a tia com grande receio.

– Que isso, tia! Como pode imaginar que eu tenha feito uma coisa dessas? – apressou-se a responder, embora, em seu íntimo, não conseguisse ter certeza.

– Há muito tempo o amuleto de pedra-sabão sumiu de tão gasto que ficou. Você o esfregava todo dia. O mal pareceu ter deixado você... Até hoje, quando me passei por curiosa e perguntei aos policiais o que tinha acontecido. Gottlieb, não há outros suspeitos, só você. Se não se lembra do que aconteceu, como pode saber que não foi você mesmo?

– Sinto-me ofendido com uma desconfiança dessas, tia. A senhora, mais que todos, sabe o quanto amo minha esposa e minha filha.

– Sua esposa está morta, Gottlieb, morta! – Brunilde tremia.

– Não, tia, há um engano nessa história.

– Não há engano algum. Eu mesma vi a janela de sua casa cheia de sangue!

Gottlieb fechava as mãos de raiva na mesa da cozinha quando pareceu descontrolar-se. Bateu-as na mesa com força e gritou.

– Eu não matei minha esposa!

– Agora você já sabe da história. Não há mais nada que eu possa fazer. Mas posso dar-lhe um conselho: entregue-se à polícia, filho. Vai ser o melhor até tudo ser esclarecido.

– Não vou fazer nada – e, dizendo isso, pareceu entrar num transe.

– Gottlieb, o que foi? Seus olhos... Estão escuros, meu filho. A marca na sua mão está brilhando... Meu Deus! Alguma coisa está com você aqui.

***

– Doutor, os avós da menina estão com ela, de fato, e não sabem do paradeiro do genro. Ainda não sabem do que aconteceu com a filha deles.

– Melhor assim. Pelo menos por enquanto. E quanto à secretária?

– Ela disse que Gottlieb só tem uma tia na cidade. Parece que foi ela que o criou depois que seus pais morreram.

– Esse tal de Gottlieb é bem desgraçado mesmo, em todos os sentidos.

– O senhor vai querer ir lá ver a velha?

– Vamos.

– Quer levar mais alguém?

– Não, não vamos precisar.

***

– Meu Deus, o que foi isso? Minha pobre tia não merecia isso, não merecia!

Gottlieb estava agora a poucos quarteirões da casa da tia. Culpa, remorso, uma sombra na memória. Algo o fazia se debulhar em pranto, cortado apenas por soluços intermitentes. Deixou-se cair sobre um monte de lixo na calçada e desmaiou.

***

Depois de muitas tentativas com a campainha, o delegado se inquietou. Entraram na garagem passando por cima do portão, que era baixo. Como a luz estava acesa lá dentro, calculou as possibilidades. Olhou para o investigador só por olhar. Meteu o pé na porta e entrou. O investigador sacou a arma e entrou em seguida.

– Que loucura é essa, doutor?

– Não temos tempo. E, se é o demônio mesmo que está por aí, não podemos ficar atrás de mandados de busca, não é?

– Muito engraçado, doutor, mas o senhor não acredita nisso, acredita?

– O comentário foi irônico.

– Ah... – respondeu o investigador, meio sem jeito. – Mas que cheiro é esse?

– O mesmo do meu pesadelo... Que inferno!

– É, parece de lá mesmo.

Começaram a vasculhar a casa quando o investigador gritou da cozinha.

– O que foi?

– Doutor, parece que a tia também não teve muita chance com o tal de Gottlieb.

– Essa marca no pescoço... Ela foi estrangulada.

– Os pais morreram, agora a mulher e a tia foram assassinadas. Será que foi ele mesmo? Esse Gottlieb tem uma sombra que parece persegui-lo.

– Sombra nada. Parece saber muito bem o que está fazendo. Chame a perícia.

***

– Alô? – impaciente, o delegado conversava com os peritos na cena do crime.

– Doutor? É aqui da delegacia.

– O que foi?

– Temos algo que o senhor está procurando...

Uma pausa. O delegado se inquietou ainda mais.

– Fale logo, não gosto de gracinhas.

– Gottlieb está aqui. Acaba de se entregar.

***

Gottlieb foi levado algemado até a sala do delegado.

– Dadas as circunstâncias, acho que o senhor não vai precisar de advogado, vai? – Ele não respondeu. Continuou cabisbaixo, imóvel e mudo. – Bem, Dr. Gottlieb, temos muito que conversar esta noite. O senhor quer começar ou preciso fazer as perguntas?

Não tendo resposta, o investigador atalhou, sussurrando ao delegado.

– Doutor, ele não está muito bem. Olhe para ele, parece que está catatônico. Veja que olhar vazio. Ele...

– Não, não. Ele vai falar. Vai falar! – bramiu o delegado, partindo para cima de Gottlieb. Pegou-o pelo colarinho e o levantou da cadeira. – Seu merda! Você vai me contar tudo o que fez e em detalhes! Pode começar!

– Calma, doutor – interveio o escrivão, alarmado.

– Calma uma ova! Ele matou duas mulheres em três dias! – justificou-se, arremessando o suspeito de volta à cadeira. – Levem esse traste daqui. Ele vai falar. Mais cedo ou mais tarde, não tem problema. Já não tenho mais pressa.

***

– Doutor, ele quer falar agora alguma coisa para o senhor.

– Vamos ver, então.

Em poucos passos, estava na carceragem. Gottlieb tinha a barba por fazer, mas ao menos havia se banhado e vestia roupas limpas.

– Agora resolveu falar, Gottlieb?

– Eu não sei se matei minha tia Brunilde, juro que não sei, delegado. Mas não matei minha esposa!

– Isso vai ser algo difícil de provar, Gottlieb. Não sei por que, mas você estava com a mesma roupa desde sexta-feira. Ela tem muito sangue, e suas unhas estão sujas. Não vai demorar muito para a perícia me contar que você ainda carregava restos da sua esposa. Quem sabe algum resto de pele da tia? Bem, pelo menos nas unhas dela deve haver um bom tanto de pele sua a julgar pelos arranhões no seu pescoço. Enquanto isso, aprecie sua prisão decretada. O que acha?

– Delegado, não tenho memória de muitas coisas, não consigo me lembrar dos últimos dias.

– Muito conveniente, claro. – Seu tom era de profundo deboche.

– Mas me lembro, sim, da sexta-feira. Agora está começando a fazer sentido.

– Sim, sim. O senhor saiu para dar uma voltinha com um amigo.

– Que amigo?

– Ora, vai dizer que não se lembra do seu amigo, Sr. Teufel?

– Estranho. Foi um cliente que atendi na sexta, sim, mas que saiu pouco depois. Falou-me de uma causa que não podia pegar, não era minha área.

– E foi embora? – A incredulidade piscava em seus olhos.

– É, foi embora. Por quê?

– Difícil, Gottlieb. Sua secretária nos disse que você saiu com ele cincos minuto depois de ele entrar. E isso foi confirmado pelo vídeo de segurança da recepção. Aonde foram?

– Não, doutor, não saí. Eu o atendi, e ele foi embora. Depois disso, não me lembro de mais nada.

– Claro, claro. Vou deixá-lo com seus pensamentos, então. Enquanto isso, vá forçando a memória. Quem sabe você não se lembra de mais coisa, não é? – ironizou a suposta amnésia de Gottlieb.

***

As horas se passaram, e um temporal abafava todo e qualquer ruído na delegacia. Esgotado, o delegado tentava juntar as peças incompatíveis daquele maldito quebra-cabeças.

– Delegado, tem um senhor aí com uma menina querendo ver o tal Gottlieb – avisou o escrivão de plantão.

– Quem é?

– Disse ser o sogro dele. E a menina está pedindo pelo pai.

– A essa hora da noite e debaixo dessa chuva? Estranho, nenhum dos policiais que estão lá com os avós me ligou. Estão de vigia até segunda ordem. Bem, deixe por uns cinco minutos. Depois, traga-os aqui que já tomamos o depoimento dele. E ligue para os investigadores que estão com os avós. Quero notícias deles.

– Tudo bem, doutor.

***

– Gottlieb, você tem visita – informou o carcereiro.

Ele não se levantou. Deu só uma espiadela em direção à grade da cela. Quando viu a filha, de súbito deu um pulo, e sua voz se tornou terna.

– Querida, oi, minha linda, você está bem? Quem a trouxe?

– Fui eu, Gottlieb – respondeu o homem que a acompanhava numa voz rouca.

O carcereiro os acomodou num banco na cela ao lado. Deixou-a aberta e já se dirigia à porta do corredor da carceragem quando anunciou:

– Vocês têm cinco minutos.

Gottlieb se voltou ao homem que lhe trouxera a filha:

– Mas quem é você?

– Ora, sou seu sogro – retrucou o outro com um sorriso malicioso.

– Perdoe-me, senhor – Gottlieb parecia confuso; havia receio em seu olhar. Puxou a filha para si pela grade. – Posso estar com a memória debilitada, mas já me lembro muito bem de como é meu sogro. E você não é ele.

– Ele é o homem que disse que me mostraria você, papai.

– Como, querida? Onde?

– Ele foi à casa do vovô e da vovó. Eles ficaram dormindo e eu vim com ele. Ele disse que mostraria você e mostrou mesmo.

– Ô, meu anjo... – Abraçou a filha por entre as grades e fitou o homem com severidade. – Quem é você? Diga agora! E como tem coragem de vir aqui na polícia se passando por minha família?! Diga!

– Gottlieb, meu caro. Por que a desconfiança? Já estou na sua família há muito tempo. Não se lembra? Fiz negócios com seus pais, mas você era muito pequeno para se recordar, claro.

As luzes oscilaram um pouco; o carcereiro hesitou, mas tudo parecia sob controle, então saiu para ver qual era o problema com a rede elétrica.

– Espere um pouco... Teufel?

– Ah, que bom, está recobrando a memória, que bom! Eu estava ansioso por isso. Até vou dar-lhe uma ajuda – e lançou-se sobre Gottlieb com violência, pondo as mãos na sua cabeça com força, por entre as grades da cela.

Gottlieb soltou a filha como se levasse um choque; a menina se sentou e se encolheu de medo junto às barras. Ele se ajoelhou, cabisbaixo e com os olhos arregalados. Uma faísca pareceu lhe ter mostrado tudo de uma só vez.

– O que foi que eu fiz? – sua voz era monocórdia.

– O que devia, Gottlieb, o que escolheu. – Os olhos de Teufel revelaram um brilho súbito e depois se tornaram escuros, vazios.

– Demônio!

– É bem o meu nome...

– Minhas mãos, o sangue... Meu Deus!

– Ele não tem nada a ver com isso, sinto dizer.

– Agora me lembro... Num segundo de consciência, ainda deixei um recado riscado no carro... Algo que me marcou desde a primeira vez em que li. Então...

– Não valeu muito aquele seu momento de controle sobre sua carcaça. A polícia não acredita no sobrenatural, meu caro. Foi até divertido. Por isso, deixei.

– Como pôde?

– Todas as dívidas são pagas, Gottlieb. Todas. Você, mais que todos, devia saber. Seus pais deram a própria vida por você. E foram fiéis à palavra: pagaram o preço acordado. Foi a escolha deles.

– Preço? Você os matou!

– Ora, esse era o preço, meu caro! Se o inferno está cheio de boas intenções, eu, aqui, não preciso fazer nada de graça. – E pôs-se a rir.

A menina olhava tudo com temor, sem entender o que conversavam.

– Minha esposa... Por que ela? Por que eu?

– Gottlieb, caríssimo Gottlieb, você pediu para esquecer, não foi? Pediu para não se lembrar de nada até que viesse o tempo do pagamento. Convenhamos, você viveu muito bem enquanto isso. E sem nenhum remorso que o perturbasse, não foi? Mas também tinha um preço.

– Minha esposa estava morrendo...

– E você me chamou.

– Não sabia o que estava fazendo.

– Ah, sabia, sabia, sim. Tanto sabia que negociou muito bem. Até colocou cláusulas no nosso contrato! Especialmente aquela de oblívio, não foi? Ela tem me rendido bons negócios desde então. Gostei da ideia. Só podia ter partido de um advogado, claro.

– Não vejo graça nisso.

– Mas eu, sim. Pela vida de sua esposa, você me dava a sua. Contudo, de que adiantaria ela viver se você não estaria ao seu lado para aproveitar os benefícios do trato, hein? Então, pediu um prazo maior para pagar a dívida. Para isso, entretanto, o preço era maior, não se lembra? Além da cláusula de oblívio.

– Por quê?

– É assim que as coisas funcionam, Gottlieb. Você prometeu o que seria mais caro a você num distante futuro, algo maior do que sua própria alma! E a circunstância, confesso, sempre me favorece. Não lembra o que falou quando lhe perguntei dos preços? "Qualquer coisa, qualquer coisa, mas cure minha esposa" – macaqueou o demônio com voz caricata e trejeitos. – Eu a curei.

– Como é terrível lembrar tais palavras. Insanidade!

– Não, isso é pura beleza! Olhe como as coisas terminam bem. Você negociou bem, mas não discutiu tão bem assim o teor de todas as cláusulas, e aqui estamos hoje. – Mostrou um sorriso de absurdo contentamento.

– Não estou entendendo seus preços, demônio. Por que me fez matar? Por que simplesmente não me levou de uma vez?

– Ora, ora, Gottlieb. Nada é tão simples assim. – As luzes recomeçavam a falhar. – Seria sua esposa por você, mas suas cláusulas extras mudaram o cálculo. Por sua esposa você me deu algo então vindouro. Pelo prazo extra, seria uma vida tirada por suas próprias mãos, assim como pela cláusula de oblívio. E lá se foram a esposa e a tia. Perfeito! Afinal de contas, o tempo delas já tinha expirado. – A marca na mão do advogado começou a arder. – Mas agora, vamos ao último pagamento.

***

– Notícias dos investigadores?

– Nada boas, doutor.

– O quê? – O delegado não aguentava mais más notícias.

– Não conseguimos contato com eles. Então, ligamos para a polícia militar ir até o local.

– E então?

– Os policiais e os avós estão mortos. Só a menina é que não acharam.

– Jesus! Então, quem está aqui com a menina?

***

O delegado e o investigador chegavam apressados à carceragem quando uma chama descomunal pareceu consumir as grades das duas celas. Gottlieb protegeu-se como pôde, levantando os braços e cobrindo o rosto. Ao voltar a si, viu sua filha sentada ao lado do homem demoníaco, com um olhar sereno.

– Não, não, não! Ela, não! Não! – Tentou alcançá-la com as mãos, mas as chamas o repeliram.

– Sim, sim. Sim, eu busco almas, Gottlieb, mas desta vez você não deu a sua. Você me prometeu uma mais valiosa. Vim buscá-la. Já a sua, desgraçada como está, parece-me comprometida de qualquer jeito. – Ele abraçou a menina. – Mas pode me chamar quando quiser, será um prazer fazer negócios com você. E lembre-se: as profundezas não são tão distantes assim... Não demore.

Houve gritos em vão. Uma fenda se abriu no chão, e chamas se ergueram ainda mais, lambendo o teto e levando o demônio e a menina.

As labaredas queimaram parte das celas. O delegado e o investigador viram tudo, mas não conseguiram sequer dar um suspiro, petrificados pelo assombro. Restaram apenas as chamas e as marcas chamuscadas da fenda no chão; no ar, um forte cheiro de enxofre.

– Só um sonho uma ova – deixou escapar o delegado.

Na cela em chamas, Gottlieb permanecia sem forças até para chorar, estarrecido, ajoelhado perto do fogo, imóvel e mudo. A marca em sua mão desaparecera. Um marido e pai desgraçado. Desgraçadas escolhas. Gottlieb, *Gottes Liebe*, “amor de Deus”. Uma ironia.

O.A. Secatto nasceu em Fernandópolis, São Paulo, em 1981. Formado em Direito, é funcionário do Tribunal de Justiça do Estado de São Paulo. Publicou contos e crônicas por diversas editoras em mais de trinta coletâneas. Em 2014, publicou o livro *Não Tem Erro*, pela Giz Editorial. É editor e colunista do caderno *Cultura!* do jornal *O Extra*, de Fernandópolis, onde mora com sua Bella esposa e a Khera, sua cachorrinha. Site: www.oasecatto.com.br

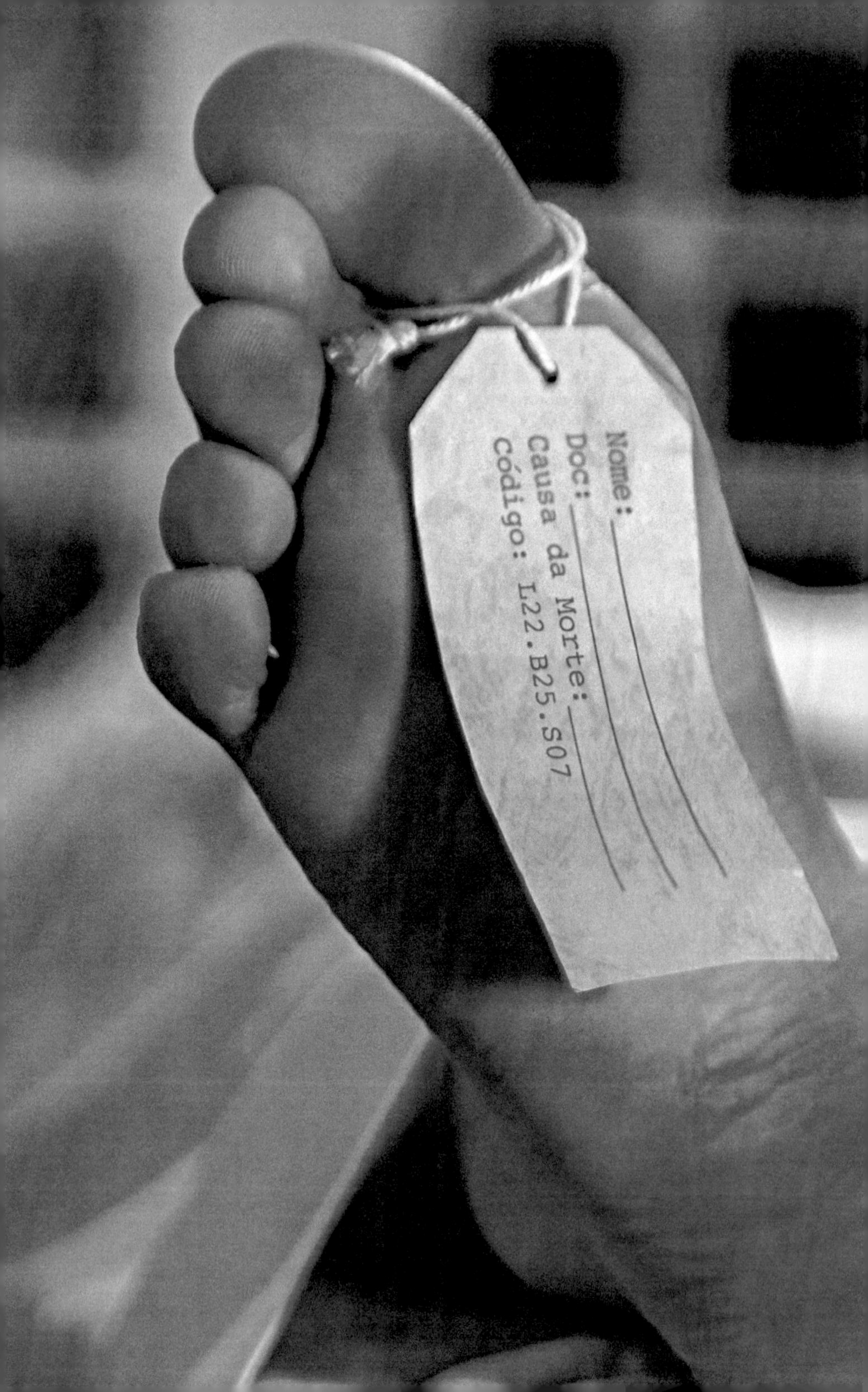
Nome:
Doc:
Causa da Morte:
Código: L22.B25.S07

TÂNATOS

Natália Couto Azevedo

– Come, Heleninha. Seu pai mandou que acabasse com a coalhada. – A empregada Alzira estendia a colher na direção da menina. – Ele vai ficar bravo se você não comer, você quer isso? Quer preocupar seu pai, que já está tão preocupado com a mamãe?

Helena agitou a cabeça em negativa e abriu a boca. Tinha nove anos e odiava fazer as refeições sozinha. Desde que sua mãe ficara doente era assim: apenas solidão.

***

O céu escuro cobria São Paulo, um manto de poluição estendendo-se sobre o centro. O metrô estava lotado e abafado, o calor de dezembro beirava o insuportável; mesmo assim, Helena preferia enfrentar o empurra-empurra do transporte público ao trânsito caótico paulistano. Já se acostumara a ser uma sombra, e gostava. Foi natural seguir a profissão do pai e o vestibular se mostrou um exercício simples para ela. Entretanto, bastou entrar na faculdade para perceber que não seria tão fácil: não sentia a menor vontade de ouvir os pacientes, tampouco de tratá-los. A verdade é que temia as manifestações agônicas e o sofrimento. Tinha interesse, sim, pelas doenças, por sua origem e evolução no organismo. Apenas isso. Buscou uma especialidade que atendesse aos seus anseios, mas que a mantivesse distante da realidade hospitalar. Patologia.

Trabalhava no serviço de Verificação de Óbito do Hospital das Clínicas de São Paulo (VO) e recebia diariamente uma série de cadáveres, a maioria vinda da rotina do próprio hospital. A morte sempre insistia em vencer. Podia ouvir os lamentos dos familiares nos corredores, questionando os motivos para o fim, o inevitável.

Sentia-se bem no necrotério: gostava do bisturi, de suas tesouras e mantinha um gosto especial por examinar pacientes sozinha. Infelizmente, na maioria dos procedimentos era acompanhada pelos técnicos, que executavam as manobras com a eficiência de um açougueiro, mas sem a estima pela pesquisa como a doutora.

Acompanhada do silêncio, Helena necropsiava um senhor de sessenta e dois anos, mucosas amareladas, pele untuosa. Pressionou o bisturi contra a pele fria, descendo a lâmina do tórax até o púbis, num corte único, que permitia uma visão completa e limpa dos órgãos. Mortos não sangram.

À primeira vista, o fígado chamou-lhe a atenção, pequeno e irregular, com tímidas formações arredondadas, brotando, sobressalentes; característico da cirrose. Ao tocar o órgão firme com a luva, Helena sentiu uma fisgada excruciante na cabeça. Lembrava uma facada, com uma ponta afiada pressionando os olhos, prestes a explodir. Sentiu uma tontura, suas mãos largaram os instrumentos. Lançou-se no escuro da agonia, perdendo a consciência.

Quando voltou a si, estava cercada pelos dois técnicos, que a olhavam assustados.

– Vai, João, corre para chamar algum médico. – Raimundo, o mais velho, cutucava o colega, ainda imóvel.

Ao ouvir a palavra "médico", Helena se sentou, contestando:

– Nem pensem nisso! Já estou me sentindo ótima. Foi pressão baixa, ou algo assim. Essa sala fica abafada. – Os dois ajudantes trocaram olhares nervosos. – Me ajudem a levantar, vamos – ela continuou.

De pé, Helena sentiu a cabeça girar, mas se controlou. Andava com muitas crises de mal-estar. Havia semanas, estava fraca, com dores estranhas, tremores persistentes, pontos brilhantes no olhar. Agora, vinha o inesperado desmaio. Não sabia como lidar com aquilo. Iria consultar o seu pai, Dr. Paulo, que a acompanhava desde pequena com exames de rotina. Voltou ao trabalho, frente ao corpo. Os técnicos já procediam a retirada dos órgãos; então, dedicou-se a olhar os detalhes. A pele era marcada por diversos hematomas pequeninos, roxos e avermelhados, típicos da doença. As mãos eram enrugadas, com os dedos grossos. Chamou-lhe a atenção a mão direita, calosa, fechada, como se segurasse algo.

Achou curioso e tentou ver o que tinha ali. O *rigor mortis* dificultava a investigação. Abriu um a um os dedos rígidos para se deparar com um pequeno recorte de jornal amassado na palma do homem. "Lavínia morre em *Louca Paixão*, emoções dos últimos episódios". Não passava de uma matéria de revista de fofoca sobre a novela das oito. Mas Helena ficou incomodada: sua mãe se chamava Lavínia. E estava morta.

***

Helena caminhava na direção da grande árvore de Natal, os pés de criança tocando levemente o chão acarpetado da sala. Os presentes já a aguardavam, misteriosos. Ela soltou um suspiro e se sentou, encarando as bolas brilhantes. Viu sua mãe, um sorriso no rosto, alegre a cada desembrulhar. E então, a doença chegava, deformando-a pouco a pouco, e ela sumia num fio de luz.

Começou a mexer nos enfeites redondos, todos tão belos, tantas cores. Arrancou vários deles da árvore e os juntou no chão. Aos poucos, um líquido viscoso escarlate começou a escorrer, cercando as bolas. Helena se assustou, retraindo as perninhas e afastando o corpo. Era sangue que cobria tudo.

***

Acordou sobressaltada. Acendeu a luz num impulso e sugou o ar em golfadas, buscando tranquilidade. Ultimamente, era rotineiro acordar diversas vezes perturbada por sonhos desagradáveis. Pensou em apagar as luzes, mas os dedos pararam no caminho. O medo do escuro subitamente a envolvia. Dormiria protegida pela claridade.

Levantou-se muito cedo no dia seguinte. O pai já a aguardava na sala enorme. Ela não gostava daquela ostentação toda: a casa no Sumaré transpirava arrogância. Numa cidade em que as pessoas se acostumavam a pequenos imóveis, o Dr. Paulo insistia em manter a mansão. Algumas vezes pensou em deixar o lugar, mas o pai insistia que ela ficasse, dava-lhe mimos, preparava jantares. A solidão a assustava um pouco: não tinha namorado, poucos amigos, era quase ninguém. Preferiu ficar.

– Tome seu café-da-manhã, Helena – disse Dr. Paulo. Ele nunca a chamava de filha.

– Obrigada. – Sentou-se para comer a coalhada típica das manhãs. – Ontem, me senti mal no trabalho.

– Quais sintomas?

– Cefaleia intensa, que acabou numa síncope.

– Por isso eu me preocupo com você. Que ideia, sair de casa! Pode deixar que eu vejo isso depois, mas não deve ser nada.

Helena partiu para o VO um pouco preocupada, mas logo se distraiu, atarefada com a quantidade de corpos que a aguardava. Puxou a ficha do primeiro: mulher, vinte e nove anos, suspeita de infarto agudo do miocárdio. As mãos da médica tremiam involuntariamente, agitando o papel enquanto acompanhava o histórico.

Posicionou-a sobre a mesa. Uma moça jovem, bonita, os olhos ainda marcados pela maquiagem do dia anterior: o lápis preto, o rímel alongando os cílios. Tudo levemente borrado, acompanhando a palidez mórbida da face. Desceu os olhos pelo pescoço branco e chegou ao tórax. Uma medalha pendia: a imagem de São Francisco. Lembrou-se imediatamente da mãe, ela era devota do santo, iam mensalmente até o santuário, no centro da cidade, todo dia quatro.

Achou peculiar a coincidência. Era a segunda vez em pouco tempo que os cadáveres traziam lembranças de sua mãe. Sentia-se melancólica.

Puxou a gaveta com o outro corpo: um homem magro, próximo do esquelético. Nem precisava ler a ficha para deduzir a suspeita de AIDS. A boca se revestia de branco. A candidíase comia o homem de dentro para fora. Os braços eram apenas ossos envoltos por uma pele flácida que pendia. Reparou na tatuagem do braço esquerdo. Dizia apenas “1984”. Lembrava-se bem daquele ano, faltavam poucas semanas para seu décimo aniversário. Fora um ano ruim...

Largou o braço do cadáver, que caiu sobre a mesa provocando um estalo abafado. Não podia ser. Os tremores em seu corpo se intensificaram, espalhando-se. Ela buscou apoio na parede, a mente perturbada.

Foi embora mais cedo naquele dia. Todas as lembranças despertavam dúvidas. A verdade é que nunca entendeu muito bem a morte da mãe, apenas tinha uma lembrança dura, gasta pelo tempo. Havia um lugar onde poderia encontrar respostas. Pegou o metrô, mas foi num sentido diferente. Iria para o centro.

***

A Igreja continuava a mesma, como um oásis no meio do caos paulistano, as paredes vigilantes, que não permitiam que a loucura rotineira entrasse. Passou pela nave e deixou-se conduzir ao passado. Lembrou-se das músicas e orações, da missa de sétimo dia da mãe. Quando viu, já estava próxima do altar.

– Padre? – Helena disse, aproximando-se assim que o homem acabou de atender um fiel. Tinha em torno de setenta anos, andava devagar.

– Está tudo bem, minha filha? Posso ajudá-la? – Ao ouvir a voz, as imagens do passado voltaram. A mesma voz forte que mantinha todos atentos à liturgia.

– Padre Avelino? – perguntou. Os olhos do pároco a perscrutaram, mas aparentemente sem identificação. – Sou eu, a filha da Lavínia da Cruz, Helena, vinha aqui quando criança.

Ao ouvir o nome "Lavínia", o velho abriu um sorriso.

– Sim, eu lembro, minha filha. Como está? É uma mulher já, que felicidade a reencontrar aqui.

– Faz muito tempo que não vinha mesmo. Mas as lembranças da minha mãe voltaram fortes hoje, por isso decidi procurá-lo.

– Mas como posso ajudá-la?

– Como ela morreu, padre? – perguntou, um tanto brusca.

O padre hesitou por um instante, pesando as palavras:

– Foi muito sofrimento, filha. Melhor que você se esqueça.

– Eu tenho algumas memórias fragmentadas, mas é pouco – Helena continuou, sentando-se num banco próximo ao altar. – O senhor lembra o que ela teve?

– Não sei bem o nome da doença. Tentaram cuidar dela. O seu pai fez de tudo na época... Mas foi tão repentino. Um dia, ela começou a ter tremores. Desmaios. Chegou a fazer um escândalo na missa uma vez, coitada. Já estava perdendo a razão.

– O senhor sentiu que havia algo estranho nisso tudo?

O padre franziu o cenho, surpreso:

– Por que pergunta isso, filha?

– Não sei, ando com algumas ideias... Dúvidas.

– Sua mãe era assim também, sempre cheia de ideias.

– Que ideias, exatamente?

– Melhor esquecer isso, minha filha. Mas não duvide de que a sua mãe tinha um bom coração. Vejo que você também tem. – O padre mirou fundo nos olhos da moça. – E como está o Dr. Paulo?

– Meu pai? Está ótimo, mais forte do que eu.

– Bem, mande um abraço a ele. Agora preciso tratar de alguns assuntos, fique o tempo que precisar.

Teve a impressão de que o padre se afastara depressa, como se fugisse dela.

***

Foi embora atormentada. Pensava quais seriam as ideias de Lavínia, que segredos ainda estariam envolvidos com a morte de sua mãe. Queria perguntar ao pai, mas ele desviava de qualquer conversa sobre o assunto. Falar disso o machucava muito. Precisaria encontrar as respostas sozinha. Subitamente, sentiu-se tonta, deixando a bolsa cair no chão. Começava a escurecer. Helena sentiu medo, tomada pela sensação de que era seguida. Levantou-se, as pernas bambas, e forçou-se a correr. Queria deixar aquele lugar para trás.

Não conseguiu pregar os olhos naquela noite: temia o escuro. O vento na cortina também a assustava. Não sabia o que acontecia, mas lhe vinha um aperto no peito, um desconforto que insistia em subir pelo esôfago. Colocou a mesma roupa do dia anterior; não tinha vontade nem para escolher o que vestir.

– Bom dia, Helena. – O pai já a aguardava na sala de jantar, tomando o café, olhos no jornal aberto.

– Bom dia e até mais tarde. Vou para o trabalho.

– Mas precisa tomar café-da-manhã, sente-se – ele falou, sem desviar a atenção do jornal.

– Não quero, obrigada. Não estou me sentindo bem.

– Por isso mesmo, é importante que se alimente bem. Sente-se – Dr. Paulo falou, reforçando as últimas palavras.

– Eu não quero comer, você não entende? – Helena gritou. Jogou o pote no chão, fazendo a coalhada se espalhar pelo carpete. Ela arregalou os olhos, cheios de fúria, para depois começar a chorar. – Desculpe, pai, desculpe, não sei o que anda acontecendo comigo.

– É muito trabalho. Espere, eu preparo mais para você. Não se preocupe. – O pai saiu para a cozinha.

Helena sentia que estava à beira de um colapso.

***

Pegou um táxi para o trabalho, a ideia de subir no metrô lotado, as pessoas a apertando, o ambiente claustrofóbico, assustou-a.

Respirou aliviada ao chegar ao VO, tomada de uma calma fugidia. A sala encontrava-se vazia, havia chegado um pouco antes do horário, mas não quis esperar. Pegou a pilha de fichas e começou a buscar os corpos.

Começou por um homem, vítima de câncer de estômago. Devia ser forte, pois mesmo com a doença, mantinha a musculatura rígida, os braços delineados. Sobre o peito, a imagem de enorme coração. Trazia as iniciais P e L, circundadas por flores e arabescos. Paulo e Lavínia? A dor de cabeça voltou com força, fazendo Helena recuar, a visão turva. As fisgadas tornavam-se cada vez mais frequentes, atingindo-a como facadas na têmpora. Assim que a crise chegou ao final, respirou fundo e se aproximou do cadáver. Sobre a tatuagem de coração, uma enorme cicatriz. Um corte profundo talhado à faca que dizia, em letras garrafais: TRAIÇÃO.

Helena podia jurar que aquela marca não estava lá antes, mas não havia explicações. Como uma cicatriz antiga apareceria do nada? Guardou o corpo. E se aquilo fosse uma resposta sobre o caso de sua mãe? Traição?

Cética, examinou outros corpos. Mulher morena, magra, 36 anos, a mesma idade de sua mãe ao morrer. Uma história confusa, vômitos, incoordenação, psicose, todos os sintomas agudos. E depressão. Tentara se matar diversas vezes. Helena buscou marcas, cortes e ferimentos pelo corpo. Alguma pista? Encontrou hematomas, diminutos, decorrentes da coagulação. Não havia nada demais ali. Estaria imaginando coisas?

Partiu para o exame interno. Assustou-se com o fígado: enorme, superfície irregular, completamente necrótico, morto. O que acontecera com a mulher? Continuou. Vários pontos de hemorragia, mas agora fazia sentido, sem o fígado, não havia fatores de coagulação. Começou a abrir o esôfago com a tesoura, descendo pouco a pouco. Chegou ao estômago. Dentro, diversos fios de cobre, enrolados, parcialmente digeridos.

Intoxicada por cobre? O fígado, a psicose, a incoordenação. Havia explicação para tudo. Revirou o conteúdo do estômago, em busca de mais informações sobre o óbito. Trêmula, deparou-se com uma pequena bolsa plástica. Dentro, uma chave: pequena, dourada, presa num pequeno chaveiro com a letra "H". Encarava o objeto encontrado, a sua inicial gravada, como um presente. Abandonou o corpo aberto sobre a mesa, os instrumentos manchados de sangue e guardou a pequena chave no bolso da calça. Foi para casa. A cabeça voltava a doer e o aperto no peito, a atormentá-la. O que aqueles cadáveres queriam lhe dizer? Melhor, desde quando cadáveres diziam alguma coisa?

Em casa, abriu a janela, deixando a luz do Sol entrar no quarto. O escuro a enervava. Deitou-se na cama, assustada. Exausta, adormeceu.

***

Helena caminhava pelo corredor do segundo andar, em direção ao quarto dos pais. Sentia-se pequena, mas sabia-se adulta. Olhou para as próprias mãos e pés e viu-se no seu corpo, mas como criança.

– Vá bem quietinha, Helena. Sua mãe está muito doente e consegui fazê-la dormir. Tente não a acordar, por favor. – Era a voz do pai que ouvia. Virou-se e o viu. Anos mais jovem, com um bigode cobrindo os lábios.

Continuaram juntos, mãos dadas. Dr. Paulo abriu a porta lentamente, liberando o caminho para a filha entrar no cômodo. Uma penumbra dominava o ambiente, com o abajur de tecido perto da cama como única fonte de luz. Lavínia dormia serenamente, o rosto belo, apesar de pálido. Helena se aproximou com cuidado, colocando a mão sobre a cabeça da mãe. Adorava os cabelos castanhos sempre perfumados dela. Fez uma carícia, deslizando os fios macios entre os dedinhos. Interrompeu os movimentos quando os olhos da mãe se abriram. A menina mordeu os lábios, ansiosa. Fizera o proibido: acordara a mãe. Mas em troca, recebera um olhar tão carinhoso, que sorriu. Os olhos da mãe eram únicos, esverdeados com um lindo halo castanho em volta, como um eclipse.

Começou a abrir a boca para dizer como amava a mãe, mas não teve tempo, foi interrompida pelos gritos enlouquecidos da mulher. Ela agitava-se na cama, até que o marido veio segurá-la. A menina foi puxada rapidamente do quarto.

***

Helena despertou num grito, a imagem dos olhos da mãe gravada em sua retina. Este sonho trouxera fortemente a lembrança da última vez em que viu a mãe viva. Depois daquilo, a próxima lembrança era a do caixão, algodões fechando as narinas de Lavínia.

Levantou-se da cama, o sol ainda estava alto, não dormira muito tempo. O pai ainda estava no trabalho. Guiada pela curiosidade, foi para o escritório dele, no final do corredor.

Era uma sala grande, revestida por estantes repletas de livros médicos – fisiologia, patologia, cardiologia, toxicologia –, organizados e marcados com etiquetas, em ordem alfabética de autores. Helena sempre adorou aquela pequena biblioteca, visitava-a com frequência. Tirava sempre os livros de patologia da ordem, o que irritava o Dr. Paulo. Naquele dia, no entanto, passou direto pelos livros. Desesperada, buscava respostas e supunha que aquele fosse o lugar certo.

Tentou o gaveteiro ao lado do espelho, onde ele guardava as fichas de pacientes antigos. Já o vira mexer naquele lugar diversas vezes, checando dados para anotações e trabalhos científicos. Abriu uma a uma as gavetas, mas só encontrou papéis inúteis e amarelados. Chegou à última, mas encontrou-a trancada. Forçou a tranca, sem sucesso. Irritou-se.

Chutou o móvel diversas vezes e caiu no chão, chorosa. O que acontecia com ela? Nunca fora assim, descontrolada. Sentou-se e sentiu algo no bolso. Era a chave, pequena e dourada, com um leve cheiro de alimento digerido. Um pensamento cruzou-lhe a mente.

E se tentasse? Espantou o pensamento; era loucura supor que a chave encontrada num morto tivesse utilidade.

Não resistiu. A chave entrou perfeitamente na fechadura. Helena girou-a, os olhos arregalados, bem perto do móvel, as costas encurvadas. *Clique.* A gaveta se abriu.

Ela soltou uma risada, não podia crer naquilo. Encontrou uma série de arquivos, todos com o nome Cruz.

Havia pelo menos três arquivos com o nome de Lavínia. Trazia peso, idade, sintomas de diversas doenças através dos anos. Gripes, uma apendicite, enxaquecas. O primeiro arquivo não trazia nada demais.

Abriu o segundo, deixando diversas fotos caírem. Pegou-as, pensando se tratar de imagens médicas. Teve vontade de vomitar. Incrédula, via fotos da mãe escondida em cantos, furtiva em janelas, aos beijos com diversos homens. Jogou-as longe: não podia suportar olhar aquilo. O rosto de prazer da mãe, os homens agarrados a seu corpo.

Nervosa, encarou a terceira ficha. Mais dados médicos, mas num relato diferente.

Dia 0

Início da administração de Sulfato de Cobre. Sem sintomas prévios.

Dia 5

Início de vômitos. Redução em 50% da dose.

Dia 20

Sintomas neuropsiquiátricos agravados. Também começa a revelar princípio de falência renal e hepática. Hemograma exibe anemia moderada a severa, com plasma muito hemolisado.

Dia 23

Anéis de Kayser-Fleischer – positivo.

Piora severa nos sintomas neuropsiquiátricos, com raros momentos de vigília.

Falência hepática, com petéquias[5] difusas pelo corpo.

Dia 25

Óbito

---

[5] Pequenos hematomas.

Junto ao último dia, diversas fotos do cadáver. Magro, manchado, amarelado. E fotos dos olhos, os mesmos dos sonhos, verdes envoltos por uma linha dourada, os Anéis de Kayser-Fleischer.

Helena largou tudo, aquilo não podia ser verdade. O pai envenenara a própria mãe? Os tremores voltaram mais fortes, impedindo que movesse as pernas adequadamente. Uma ideia horrível tomou-lhe a mente. Arrastou-se para perto do espelho, aproximou bem o rosto, até que viu. Uma linha fina e dourada delineava sua íris. Discreta e delicada, imperceptível para os desatentos, mas estava lá.

Todos os sintomas, os medos, tonturas...

Voltou as mãos para o arquivo em busca da própria ficha. Distraída, só percebeu a entrada do pai quando ele enfiava uma agulha em seu pescoço, o fio do metal atravessando seus músculos, o ardor da injeção. Levou a mão ao local, tentando impedir, mas não conseguiu, não tinha forças.

– O que você fez, pai?

– Não me chame de pai! – Dr. Paulo gritou. Depois passou as mãos pelo cabelo milimetricamente acertado, retomando a postura. – Eu não sou seu pai, maldita!

A escuridão nunca foi tão sedutora. Desmaiou.

***

– Pobre Dr. Paulo. Sofreu tanto com a mulher e agora a filha está do mesmo jeito. – Alzira, a velha que trabalhava na casa, comentava com o motorista. – E olha que ele é dedicado, sempre preparou a coalhada da filha, todos os dias de manhã. Nunca vi homem assim. E agora está lá, dando comida na boca da moça.

– Mas o que ela tem, Alzira? – perguntou o homem.

– É louca, coitada. Igual à mãe. O pai chega e ela começa a gritar. Só grita e treme, não consegue erguer mais o corpo da cama. A pele amarela, um horror. Mas o pai não desiste, ainda prepara o café-da-manhã todos os dias e dá na boca da moça. Esse homem vai para o céu, Antônio. Ô se vai!

Desde a infância, **Natália Couto Azevedo** passava tardes mergulhada em livros, incentivada pela família. A ligação com as letras foi tomando forma e transformou-se numa paixão por escrever histórias, criar mundos e personagens. Dar vida a sonhos. O amor pelos animais e pela ciência a levou a cursar Medicina Veterinária na Universidade de São Paulo (USP) e, quando concluiu a faculdade, começou a escrever mais do que nunca. Publica contos e a série de romances fantásticos *O Reino dos Sonhos* (Selo Fantas). Pretende parar de escrever? Nunca. Muitas histórias na sua cabeça ainda esperam ir para o papel.

O MOSTEIRO NA BRITANNIA

James Andrade

Ano de 481 D.C.

Britannia (atual Inglaterra).

I

Vencendo o espesso *fog* matutino, os primeiros raios de sol encontraram o monge Rashmutt trêmulo, balbuciando palavras desconexas. Tentava rezar, sem conseguir. E não era o sotaque carregado impedindo-lhe de evocar a proteção dos santos. Pequeno e franzino, o monge de origem egípcia tinha vinte e dois anos – parecia ter doze – e sempre se comportava como um coelho assustado. Naquela manhã, estava pior. Com as mãos sobre a boca para abafar o grito, largou seus afazeres e correu em direção à igreja. Saiu apressado, derrubando o balde usado na ordenha. Na terra batida do curral, o motivo de seu assombro: o leite recém ordenhado estava talhado. E com forte cheiro azedo.

II

– Temos um acordo, Sr...

– Ulisses – meu nome verdadeiro é Onnannias, mas isso não revelo nem sob tortura – e, sim, Eminência, temos um acordo – respondi, observando o cômodo meticulosamente limpo.

O jovem gostava de ler, estava evidente pela quantidade de manuscritos organizados em casulos nas paredes do dormitório. *A Campanha da Gália,* de Júlio César parecia ser o preferido. Fiz anotações sobre o assunto.

– Encontre-o, Sr. Ulisses. Se metade daquilo que falam sobre suas habilidades dedutivas for verdade, sei que pode fazer isso.

Fiquei imaginando o tipo de comentários que o bispo de Roma ouvira a meu respeito. Bom seria se qualidades como inteligente, perspicaz, amante do saber, ou até mesmo genial estivessem em destaque. Vã ilusão. Certamente a fama me precedeu. Curioso, turrão, teimoso, e o melhor de todos: obsessivo, por certo, apareceram mais de uma vez, não raro acompanhadas por maluco ou lunático. E um ou outro "não confiável". A julgar pela maneira com a qual o bispo me encarava; "herege" devia figurar entre as informações levantadas. *Mea culpa*. É o preço a pagar por usar o nome do desafiador dos deuses. Vangloriando-se de sua inteligência, o herói da *Odisseia* insinuou que a crença era desnecessária.

– O que mais pode dizer sobre o ocorrido, Eminência? – perguntei revirando os pertences pessoais do jovem.

– Faz dois meses hoje – começou com voz monótona o escrevente do bispo, saindo das sombras onde se escondia. Fora ele quem me contatara. – Feliciano, o filho de sua Eminência, desapareceu sem deixar vestígios. Todos os nossos esforços para encontrá-lo foram em vão. O jovem tem quinze anos, é um pouco mais baixo que o senhor, corpo magro, cabelos escuros e olhos castanhos.

Feliciano. Nome horrível, pensei. Certos nomes são verdadeiras maldições, sei disso por experiência própria.

– A cor da pele?

A pergunta chocou o escrevente. Antes de responder, olhou repetidas vezes para o bispo, temendo uma reação colérica. Que não veio.

– É a mesma de sua Eminência, claro – disse com rispidez.

A pergunta era constrangedora, eu sabia, mas necessária. Clérigos não eram famosos por serem seletivos nas escolhas de parceiros sexuais. Pela minha experiência, o jovem podia ser meio bode. Disfarçando o sorriso pelo pensamento impertinente, concentrei-me em montar uma imagem do jovem. Sou bom fisionomista, nunca esqueço um rosto, e sempre que vejo alguém, gravo algumas características para me lembrar depois; minha preferida é a cor do cabelo.

– Há rumores... Infundados, obviamente – continuou o escrevente – insinuando a ligação do jovem com pagãos druidas. Mentiras insidiosas. Aves de rapina, aproveitam-se de meras coincidências para manchar o bom nome da família de sua Eminência. O fato de um sacerdote druida ter sido visto de passagem pela região nada significa. O mais provável é o jovem ter se perdido, ou pior, ter sido sequestrado. Em todo caso, queremos encontrá--lo e tê-lo de volta ao seio de sua amada família.

O fato de o bispo Félix estar empenhado numa disputa acirrada pelo papado, e desesperado para resolver esta questão constrangedora para limpar o bom nome da família também nada significa, pensei, mas nada disse. Precisava do pagamento.

– Mais algum detalhe? Qualquer coisa pode ajudar – perguntei.

Novamente uma rápida troca de olhares entre o bispo e o escrevente.

– À época do desaparecimento, demos pela falta de nove destas moedas – disse o escrevente, mostrando um aureus de Constantino.

– Precisarei de algumas destas moedas. Não farão parte do pagamento combinado. Concordam? – Um leve balançar de cabeça do bispo bastou. – Se não for incômodo, gostaria de ficar um pouco mais por aqui, examinarei melhor estes escritos, alguns me parecem mais limpos do que outros, indicando manipulação recente, talvez guardem algum indicio do paradeiro do jovem.

– Faça como lhe aprouver – respondeu o escrevente – e quando partir, leve o que quiser, nada dessa tralha estará aqui quando Feliciano retornar. Sua Eminência já aturou por tempo demais essas tolices pagãs. A fogueira será o destino de todas estas heresias.

Para clérigos, fogo sempre é a solução, pensei.

– Uma última pergunta: o jovem possui alguma particularidade, marca de nascença, algo para identificá-lo com segurança?

– Sim – adiantou-se o bispo –, uma cicatriz no lado esquerdo da virilha. Aos sete anos caiu do telhado tentando voar com uma pipa de seda. Uma lasca de madeira atravessou seu corpo, só sobreviveu graças a um milagre. De certa forma – continuou –, ele se parece com o senhor. Também é incapaz de aceitar as coisas como são, como Deus as fez, está sempre irrequieto, querendo saber como tudo funciona. Mas saiba: o conhecimento é uma maldição, só a Fé é verdadeira.

Gostei do garoto. Não gostei do bispo.

III

O silêncio oprimia. Tão calmo. Ouvia o murmúrio vindo da igreja, lento e cadenciado. Faziam vigília atrás de suas grossas paredes e pesadas portas. Há muito pelo que orar, coisas terríveis têm acontecido. Não fosse o acordo com o bispo, teria deixado tudo para trás e estaria o mais longe possível. Infelizmente, tenho que fazer jus à minha paga. Para piorar, tribos selvagens se preparam para atacar. Fizeram isso antes. Raro é o monge que não possua uma "lembrança" de ataques anteriores, principalmente pontas de flecha. O medo serpenteia por entre os muros deste velho mosteiro, tal como a serpente a ameaçar o Paraíso. Fui voluntário para ficar de vigília durante a noite – mesmo não sendo, o resultado seria o mesmo. Teria sido "sorteado" para a função. Sou novo aqui. Cheguei há pouco tempo, logo após o acontecido com o irmão Rashmutt durante a ordenha, pobre infeliz. Pelo menos me deram uma adaga enferrujada para me proteger.

Apesar da lua, estava escuro, mais ainda que o normal. Mau sinal. Por certo os selvagens estavam por perto. Não tardariam a atacar. Malditos adoradores da escuridão. Por causa deles, não serei capaz de cumprir o acordado.

– "Quando Jesus Cristo, o Uno Divino em Deus, semeou o trigo. Lúcifer lançou por cima o joio" – citou o irmão Drusius, o abade, no dia de minha chegada.

– "E é obrigação de todo homem de Fé separar o joio do trigo" – retruquei.

Os olhos do velho monge se estreitaram, avaliando-me, desconfiado. Turok acertou, todos nestas paragens são arredios. Estranhos nunca são bem-vindos.

IV

Conheci Turok ao desembarcar, vindo do *Mare Germanicum*, na aldeia chamada Cantuária – um ajuntamento de casebres construídos por saxões em terras da Britannia ainda nos tempos do Imperador Teodósio, o primeiro a abandonar a província à sua própria sorte, retirando dali as legiões romanas, usadas na defesa das fronteiras imperiais contra os avanços dos povos do Norte: bretões, escoceses e os terríveis pictos, selvagens animalescos.

Ele veio até mim. Um estranho viajando sozinho num barco saxão era sempre um cliente – ou vítima – em potencial. Cheio de amabilidades e com um latim horrível se acercou, prontificando-se a ajudar, por uma pequena quantia, é claro.

A princípio o levei a crer possuir moedas de ouro, uma meia verdade, realmente tivera tais moedas. Três delas. Agora, só me restava uma. Mas ele não precisava saber disso, por enquanto.

Animado com a possibilidade de ganho, convidou-me a beber num lugar escuro e úmido; chamou a pocilga de taverna. Ofereceu-me uma caneca de cerveja. "Para aquecer" – comentou, servindo-se de uma tina de madeira; a bebida era uma sopa espessa e malcheirosa.

Logo começou a desfilar suas facilidades em obter vantagens naquele lugar. De riso fácil e olhos muito vivos, não procurou esconder o interesse quando lhe mostrei um desgastado aureus – antiga moeda de ouro, que, nos tempos dos legionários, equivalia a mais de trinta denários de prata, ou seja, pagava mais de noventa dias de trabalho de um homem livre em serviços pesados.

Exibindo a moeda entre os dedos, perguntei se vira outras como aquela. Em resposta sacou a metade de um aureus de Constantino, que, se inteiro, seria idêntico ao meu. Continuei impassível, mas sorria por dentro. Joguei a moeda sobre a mesa imunda. Colocando a mão calejada sobre ela, Turok ponderou por alguns instantes, talvez avaliando a possibilidade de puxar sua faca e resolver aquilo rapidamente, mas minha atitude calma pareceu intimidá-lo. A espada a tiracolo também ajudou. Começou a falar.

Revelou ter recebido o ouro como pagamento de uma antiga dívida – não deu detalhes – de um caçador – certamente vítima de engodos do pequeno embusteiro. – Este por sua vez conseguiu a peça com monges cristãos, recebeu como paga por guiá-los até um mosteiro além da Muralha de Adriano.

– Um deles era magro como uma tripa – acrescentou rindo. – Foi durante a última colheita – continuou Turok. – Naqueles dias, tribos de selvagens pictos saíram de suas tocas nos charcos do Norte e avançaram sobre as aldeias do Sul. Sem os romanos, os animais ficaram ousados. Qualquer louco querendo aventurar-se para o Norte além da muralha deve conhecer bem a região para evitar os pontos onde costumam atacar. O bretão de nome Ashulur era o caçador mais experiente daquelas redondezas, se alguém podia passar ileso pelos selvagens, era ele. Não soube se cumpriu o trato, nunca mais vi o infeliz – contou Turok. – Se quer saber – cochichou –, os malditos monges o mataram para pegar o ouro de volta; não tivesse garantido minha paga antes, tão certo quanto a língua de Loki é bipartida, nunca mais receberia a dívida.

Dito isso, puxou a mão, lentamente, olhos semicerrados, respirando pausadamente, preparado para uma reação violenta da minha parte.

– Podes ficar com ela inteira – disse-lhe. – Em troca quero um bom cavalo, suprimentos, uma capa para o frio e um guia até a muralha, alguém capaz de indicar a direção do mosteiro. Mais uma coisa – continuei –, esta é a única que possuo, então não servirá de nada me matar, não carrego mais nada de valor.

Ele avaliou a moeda em meio à penumbra e deu-lhe uma boa mordida para comprovar a autenticidade. Contente com o resultado, fez a peça desaparecer dentro das vestes. Esboçou um leve sorriso – ruminando a informação, avaliando se valia a pena me ajudar ou me matar. Recomeçamos a beber. Aos poucos, Turok se tornou ainda mais falante. Entre uma caneca e outra me alertou sobre o mosteiro. Havia muitas histórias sobre o lugar. Dizia-se amiúde que mantinham invasores afastados usando de bruxaria.

– Seus muros são protegidos por cães do inferno – segredou num sussurro. Baixando ainda mais o tom de voz e aproximando-se a ponto de eu poder sentir seu odor desagradável, confidenciou: – Entre os monges vivendo naquele lugar, muitos são, na verdade, Druidas e não cristãos como afirmam ser.

Tal informação despertou minha curiosidade. Continuei mantendo sua caneca cheia. Queria saber mais sobre o mosteiro.

V

Súbito, o som de metal rangendo chamou minha atenção, tirando-me do devaneio, as histórias sobre o mosteiro ainda rodopiavam em minha cabeça. Fiquei em pé na vigília. O som se repetiu, vinha dos fundos do mosteiro. *A porta dos restos*, pensei.

VI

Semanas depois da minha chegada, fui acordado por mugidos e relinchos vindos do estábulo, os animais estavam agitados, fazendo muito barulho. Geralmente tenho sono leve e estou acostumado com a escuridão, por isso fui o primeiro a sair do dormitório e chegar ao pátio principal. Além disso, desde que aqui cheguei tenho dormido com um olho aberto, este lugar me dá calafrios.

Ao me aproximar do estábulo, uma sensação estranha percorreu meu corpo, parecia um formigamento seguido de um leve vento que parecia me acariciar; fiquei ali parado, olhos fechados, tentando descobrir o que provocou aquilo. O vento parecia vir pelas minhas costas, dos fundos do mosteiro, pelo estreito corredor e do pequeno pátio no fim dele. Mesmo desarmado, corri em direção ao corredor; antes de alcançá-lo, vários monges com tochas e luminárias saíram pela porta do dormitório. Gritando uns com os outros, foram em direção ao estábulo, onde os animais se agitavam. Alguns, ao me verem, pediram ajuda para controlar alguns cavalos, que, havia pouco, pularam a cerca e corriam atarantados. Desisti de chegar ao corredor e fui ajudá-los, não queria me indispor com ninguém, não ali, não naquela noite.

Deu trabalho, mas conseguimos acalmar os cavalos e os outros animais.

– Noite agitada, não, irmãos!? – disse enquanto ajudava a consertar a cerca derrubada pelos cavalos.

– Isso acontece de tempos em tempos – informou-me de mau grado um dos monges. Decerto preferiria estar dormindo. – Quando animais se assustam dessa maneira só pode significar feras rondando. Muitos lobos e até alguns ursos costumam aparecer pelas redondezas, talvez atraídos pelos restos que jogamos por aí.

Assenti e continuamos o trabalho. Preferi não assustar ninguém – nem chamar a atenção –, mas o que quer que tenha assustado os animais daquela maneira, estava longe de ser uma fera qualquer, aquilo me cheirava a coisa pior.

Quando todos voltaram para suas camas, fingi que também ia dormir. Depois de algum tempo escutando em minha cela, para confirmar que todos dormiam, voltei para o pátio. Andando furtivamente, com a cabeça coberta pelo capuz do meu hábito, passei pelo estreito corredor e cheguei aos fundos do mosteiro.

Desta vez, estava preparado; escondida sob a roupa, carregava minha espada.

O lugar estava silencioso como um túmulo, parecia que nada de estranho tinha acontecido ali: estava vazio e a portinhola por onde os restos eram retirados estava trancada com uma trava de madeira; mesmo assim tinha uma sensação ruim. Resolvi vigiar o lugar.

Acomodado atrás de alguns barris cheios de água ao lado do poço, montei guarda durante o resto da noite. Nada aconteceu, ninguém apareceu e a porta continuou intacta. A estranha sensação me acompanhou durante todo o resto da noite.

VII

Outra vez a estranha sensação. Aquela maldita portinhola era o ponto fraco nas defesas e podia ser arrombada facilmente. Corri em sua direção. O pátio estava vazio. Para meu alívio, a porta continuava fechada, sem sinais de ter sido forçada, mas havia algo errado. A travessa de madeira jazia caída de lado; a porta estava sem reforço. Ao empurrá-la, minhas suspeitas se confirmaram, estava aberta. O som dos gonzos enferrujados girando era o mesmo de antes. Abri somente o suficiente para me esgueirar, não queria alertar ninguém. Ao passar, fechei-a novamente, naquele momento roguei para ninguém descobrir; tremia só de pensar em ser o responsável por um massacre.

Atrás do mosteiro havia uma faixa de terra onde os monges plantavam trigo. Seus pendões, quase maduros, chegavam à altura do peito. Notei que até o vento se recusava a soprar.

A floresta me parecia assustadora, por isso segui a trilha usada pelos monges para a retirada dos restos. Nunca acompanhei esse serviço, mas não podiam ir longe, sempre voltavam depressa. Devia estar próximo do lugar do despejo quando ouvi vozes. Falavam baixo, rispidamente. Discutiam em latim vulgar, entrecortado por palavras estranhas. Germanos. Eles costumavam misturar palavras de sua língua nativa com o latim. Apesar de estranhas, as palavras não me eram desconhecidas, só não conseguia me lembrar de onde as ouvira antes.

Esgueirei-me por entre as árvores na direção das vozes. Ficavam mais altas conforme me aproximava.

– ...nossa única chance – dizia uma voz rouca – é tentarmos passar, se não der, ganharemos tempo para...

A conversa cessou no mesmo instante em que os vi. Vultos indistintos na escuridão. Vários. Não distingui ao certo quantos. Com passos leves aproximei-me o mais possível.

Eram cinco; um deles, o falante, usava o hábito cinza dos monges, certamente fora quem saíra do mosteiro. Estavam agachados. Os outros usavam roupas feitas de peles. Agucei a vista tentando reconhecer algum deles. Nunca os vira antes, eram completos estranhos. Sem compreender a situação, vi quando o monge ficou em pé e começou a tirar a roupa – não era alto, devia ter minha altura, corpo atarracado, e o cabelo vermelho dos gauleses – nisso os olhos dos outros se iluminaram, ficando com um estranho brilho avermelhado. O medo reduziu minha respiração a um chiado.

Nu, o monge pegou uma tira de couro ainda fresca; sangue pingava quando a segurou. Sussurrando por entre os dentes, quase sibilando, proferiu palavras desconhecidas. Esticou os braços segurando a tira na frente de si. Os outros se levantaram e morderam suas próprias mãos, fazendo-as sangrarem. Deixaram o sangue cair sobre o couro. O monge continuava sussurrando sua ladainha. Ao terminar o monótono cântico, afastaram-se. O monge trouxe a tira à boca e passou a língua sobre ela, depois a levou até a cintura e a amarrou como um cinto. Terminado o nó, ficou imóvel feito uma estátua.

Momentos se passaram. Um vento frio e repentino soprou. Sem aviso, soltou um grito lancinante, alto como um uivo e tão terrível quanto. Caiu no chão se contorcendo. Começou a inchar e aumentar de tamanho, sua pele se rachou, pontas de ossos surgiram nas suas costas, pelos enormes começaram a crescer e a cabeça se alongou, ficando parecida com a de um cão; dentes enormes surgiram e seus olhos se tornaram bolas de fogo. Levantou-se, anormalmente alto, dedos terminados em garras, deformado, mais animal que gente. Monstro. Erguendo a enorme cabeça, soltou um uivo aterrorizante. Longo e lamurioso, capaz de fazer tremer o mais valente dos homens. Uma provocação a Deus, pois, lá no fundo, todos souberam que partia de uma garganta que foi, um dia, humana.

Paralisado de medo, tive duas certezas. A primeira: minhas suspeitas se confirmaram. O mosteiro havia sido tocado pelas mãos insidiosas do demônio. A segunda: minha busca aproximava-se do fim.

Lembrei-me de onde escutara palavras parecidas antes. Na Gália.

VIII

– Druidas formavam a casta religiosa das tribos gaulesas e devotavam a vida aos afazeres de saciar seus desuses pagãos. Adotavam a castidade como meio de manterem vivos dentro de si poderes místicos os quais, acreditavam, eram natos de cada homem e se originavam de uma entidade feminina. Eram capazes de mudar de forma, adquirindo qualidades de certos animais. Este poder, diziam, sumia quando se relacionavam com mulheres e elas se tornavam, então, as únicas detentoras destes ditos poderes – explicou-me o bispo Félix quando lhe perguntei sobre o assunto.

Lembro-me de ter notado certa semelhança com os sacerdotes cristãos deste lado do mundo. Eles também devotam a vida ao Cristo e pregam, em discordância dos seus pares de Constantinopla, a castidade como forma de se aproximarem de sua Santidade. Como todos sabem, Cristo nunca se casou ou teve carnalmente uma mulher, mas poucos seguem o preceito fielmente. O próprio Félix é prova disso. Apesar de ser bispo de Roma e, dizem as más línguas, logo será Papa, nosso encontro teve a ver com seu primogênito. Não disse nada a respeito, nunca contrarie quem está disposto a lhe pagar, é conhecida a rixa nutrida pelo bispo contra os bizantinos.

As semelhanças, porém, ficam nisso. Druidas eram pagãos sanguinários, devotos de deuses brutos e selvagens, sempre exigindo oferendas de sangue e morte.

– Não raro, esses feiticeiros da Lua praticavam sacrifício humano, cortavam suas vítimas com suas malditas adagas de lâmina em formato de meia-lua. Tanto crianças quanto adultos, na maioria mulheres, eram mortos em nome de entidades muitas vezes inimagináveis, como árvores, rios e, principalmente, a Lua, chamada de Deusa ou Mãe – uma mistura da Selene grega com as Parcas romanas, ou seja, adoravam uma bruxa de várias faces e humores – continuou Félix. – Merecedores das chamas do inferno, todos eles. – A irritação na voz do bispo serviu de resposta à minha pergunta, ele não só os conhecia como os odiava.

Ouvi rumores sobre tais rituais, que de tão sangrentos eram executados em segredo, longe dos olhares até mesmo dos devotos. Os sacerdotes gauleses me eram desconhecidos, só soube deles através dos escritos dos centuriões do Imperador Júlio, o César, em sua *Campanha da Gália*. Já o jovem Feliciano parecia muito interessado nessa seita. De acordo com outros manuscritos de sua biblioteca, druidas possuíam certos conhecimentos sobre os astros, podiam prever o mais longo e o mais curto dos dias. Nestes eventos, costumavam enfeitar pinheiros – uma espécie de deus-árvore em sua crença pagã – com pinhas coloridas e tochas de cânhamo. Durante a noite, cantavam, dançavam e conclamavam o povo a se entregar à luxuria em torno dele. Com a chegada dos romanos e depois dos cristãos, estes costumes foram, em parte, abandonados. Não mais existem sacerdotes Druidas natos da Gália ou das cercanias, mas ainda caminham entre nós, vindos de outras terras, da Britannia e da Hibérnia, lugares onde são respeitados e continuam a praticar seus inomináveis atos de sacrilégio.

Nestes dias de crescimento da Fé Verdadeira e de perigos frequentes, poucos são os que se aventuram em outras terras, menos ainda sacerdotes de seitas antigas, mal vistos pelos aldeões onde quer que passem. Por isso, não foi difícil para mim, que perambulei por muitos lugares, encontrar indícios da passagem de um sacerdote da antiga crença dos gauleses, mesmo que isso me tenha tomado quase um ano desde minha contratação pelo bispo. Ainda mais um que paga suas despesas com peças de aureus.

Seguindo pistas, cheguei à região da embocadura do Rio Elba com o *Mare Germanicum*, onde soube de homens que por lá passaram há alguns meses, e que tomaram um navio rumo à Britannia.

IX

Como que em resposta ao uivo de provocação da besta, os selvagens soltaram seus brados de guerra. A noite, até então anormalmente quieta, encheu-se de sons ferozes. Estavam mais próximos do que suspeitava.

O céu se iluminou com o brilho de tochas, e eram muitas, centenas de pequenas estrelas brilhando na densa escuridão. A presença do mal neste lugar era tão forte que até mesmo os selvagens se aperceberam dela.

O monstro recém-surgido levantou a cabeça, farejando o ar. Num rápido movimento, caiu sobre as patas e se lançou floresta adentro tal um cão raivoso, sendo seguido pelos outros. No meio da corrida mudaram de forma. Monstros. Todos eles.

As tochas pareciam brincar por entre as árvores, com movimentos rápidos subiam e desciam, iam para a direita e para a esquerda e, muitas vezes, caíam no chão, lançando uma chuva de pequenas fagulhas ao seu redor e permaneciam paradas, mortas.

Muitas das tochas caídas desapareciam na escuridão, mas algumas, tal qual uma *Phoenix*, pareciam renascer de sua morte. Logo as chamas se tornaram grandes fogueiras consumindo tudo ao redor.

A floresta se incendiava em muitos pontos e os sons da batalha se aproximavam. Ao alcançar a trilha, apertei o passo – na verdade comecei a correr – e logo cheguei ao campo de trigo, o mosteiro estava próximo. No íntimo temia que mesmo seus altos muros não fossem seguros esta noite. *Que Deus se apiede de nossas almas*, pensei.

A meio caminho da muralha, escutei outro uivo insano, e me virei. A criatura que antes fora o monge saíra da floresta. No outro extremo do campo. Andava como um homem, o corpo curvado para frente. As grandes e pontudas orelhas deixavam ainda mais desproporcional a cabeça disforme. Uivava como se enlouquecido.

A mata pareceu ganhar vida à sua frente, pequenas cabeças brancas carregando longas lanças saiam aos montes por entre as árvores e se lançavam sobre a criatura demoníaca.

– Pictos! – exclamei em voz baixa, enquanto me agachava. – Os selvagens são pictos!

Apesar de conhecê-los por descrições, nunca os vira de perto, assombrei-me com aqueles selvagens. Não tinham cabelo e eram brancos como o marfim, na verdade pareciam ter seus ossos pelo lado de fora do corpo e eram pequenos, menores até do que o descrito. Assemelhavam-se a um bando de ossadas de crianças revividas através de algum malefício inominável, e continuavam vindo, cercando e lutando com a enorme fera, tão pequenos que só se via suas cabeças por sobre os pendões do trigo. Eram numerosos, centenas. Gritando e brandindo armas enquanto se lançavam contra o inimigo como uma nuvem de gafanhotos. Logo um enorme círculo se formou, tendo o demônio no centro. A estratégia dos selvagens era simples, atacariam por todos os lados ao mesmo tempo. Usavam as lanças para picar a fera de longe, outros traziam nas mãos pequenos objetos parecidos com arcos, muitos traziam tochas acesas e alguns pareciam se atracar ao inimigo com as mãos nuas.

A enorme besta grunhia e uivava enquanto atacava com selvageria os pequenos. Ao se mover, parecia um borrão, mas os inimigos se multiplicavam rapidamente e, aos poucos, pareciam minar sua resistência.

O demônio continuava atacando. Garras rasgavam e dilaceravam a cada golpe, corpos eram lançados no ar, feridas rubras surgiam em corpos brancos. Os pictos não temiam aquela cria do Inferno. Talvez por serem também criaturas malignas, penso eu. Cuspidos das trevas, continuavam vindo, tal como ondas sobre um rochedo.

Grossas colunas de fumaça subiam em meio às árvores.

A batalha aproximava-se, perigosamente, tanto que pude ver quando a fera segurou um picto e, com uma mordida atroz, arrancou sua cabeça e a engoliu, arremessando o corpo sem vida contra a massa de selvagens que só fazia avolumar-se. Apesar de sua força, não conseguia livrar-se dos agressores. Era fustigado sem trégua pelas primitivas armas dos selvagens. O corpo crivado de lanças quebradas. Sangue jorrava pelos ferimentos, mas o demônio parecia não se importar, e continuava lutando.

Eu não podia permanecer ali.

Maldita seja minha necessidade de saber de tudo.

O fogaréu se alastrava rápido, as fogueiras não demorariam a se juntarem em um grande incêndio. Chamas ameaçavam invadir o campo de trigo quando a luta se acalmou. A fera escapou do círculo e encarava os selvagens. Pareciam ter desistido da luta. Nada era dito. A noite voltou a silenciar. Só o crepitar das chamas se fazia ouvir. De dentro da floresta, surgiu um barulho, parecia um zunido, que foi crescendo, crescendo, crescendo e explodiu em centenas de gritos de guerra. Uma multidão se juntou àqueles que encaravam o demônio. Gritando freneticamente, exibiram para a fera seus troféus. Fincadas nas pontas das lanças as cabeças dos companheiros do monge transformado. Todos os quatro.

A algazarra continuou ainda por alguns instantes, e cessou por completo. Por um tempo menor do que pareceu, o silêncio voltou a reinar soberano. Sem o menor aviso, os selvagens se lançaram contra o demônio. A contenda recomeçou mais furiosa ainda do que antes. Levantei-me e corri com todas as forças em direção ao mosteiro.

Dane-se a curiosidade.

O trigo, viçoso, já na época do corte, açoitava meu corpo. Meu coração batia forte e irregular. Queria chegar o mais depressa possível. Logo o muro do mosteiro se divisou na escuridão. Cheguei à porta por onde saíra e, pela Graça do Cristo, estava como a deixei.

Apesar do medo, permiti-me um breve sorriso pela ironia. Ingrato destino. Estava tão perto. Esse lugar esquecido por Deus era um ninho de demônios, e as chances daquele que busco estar entre eles era enorme. A intuição que tive no dia em que cheguei a este fim de mundo mostrou-se acertada, mais uma vez.

Malditos selvagens, estragaram tudo.

X

Na manhã do terceiro dia, desde a Muralha de Adriano, finalmente, alcancei meu objetivo, o mosteiro chamado Cândida Casa.

Enclausurado em meio à floresta, era cercado por um alto muro – fácil seis côvados de altura. Fora construído com grandes pedras retangulares, pareciam lapidadas naquele formato – denunciando a influência egípcia em sua construção, os romanos sempre usavam pedras em estado bruto. Como em outros mosteiros, as terras ao redor estavam cultivadas. Muitos monges interromperam seus afazeres e seguiram-me com o olhar, aproveitando a curiosidade para descansar do lavoro. Estranhei não haver ninguém morando nos arredores. Não enxerguei nenhuma casa erguida do lado de fora dos muros. Ao lado do pesado portão, pude ver uma vigília, um pequeno jirau feito com toras de madeira amarradas lado a lado com sisal formando o piso. Ficava pouco acima do muro, apoiado sobre quatro troncos. Achei muito pequena, teria feito um pouco maior; sentinelas colocadas ali teriam ampla visão das cercanias, armados com arcos compostos seriam uma ótima defesa. Como estava, só serviria para dar o alarme no caso de alguma eventualidade. Estranhamente não havia sentinela.

A defesa do lugar não era muito boa. Gostaria de poder melhorá-la.

Chegando ao portão havia uma pequena concentração de monges à minha espera; rostos fechados e carrancudos me olhavam friamente. Apeei do cavalo e me apresentei, dizendo meu nome, de onde vinha e a terra em que nasci – mentirinhas inocentes, três pais-nossos seriam suficientes. Pedi para ser aceito como monge e viver recluso em adoração a Jesus Cristo, o Salvador.

Demonstrando pouco entusiasmo, Drusius, o abade, aceitou meu pedido ordenando ao responsável pelo estábulo para cuidar do meu cavalo – agora propriedade do mosteiro – e me mostrar a cela onde viveria daquele momento em diante. Era um monge agora. Sorrindo, aceitei as boas-vindas contidas dos irmãos de Fé. Estava alegre de verdade, minha intuição dizia que a longa busca se aproximava do fim, podia sentir nos ossos. Se bem que podia ser só câimbra pela longa jornada.

XI

Ao retornar ao mosteiro pela porta dos restos, minha cabeça voltou a fervilhar. Havia muito a fazer. Avisaria a todos sobre o ocorrido. Fui até a capela e bati em suas pesadas portas, clamando para que abrissem.

– Irmãos – gritei –, ouçam minhas palavras, abram as portas, precisamos sair daqui agora, por Deus, irmãos, abram.

As orações dentro da Igreja tinham cessado e nenhuma resposta me foi dada. Talvez o medo de um embuste por parte dos selvagens – naquele momento não seria uma suspeita tola – tenha calado mais fundo em seus corações do que o mandamento de ajudar ao próximo. Não abriram. Por longos momentos – pareceram anos – fiquei ali, batendo e chamando. Falei dos muitos selvagens, da impossibilidade de defesa do mosteiro. Alertei sobre a presença do demônio. Dos monstros que nos ameaçavam. Gritei para se salvarem, para abandonarem este lugar sem demora. Somente o silêncio respondeu. Com o coração em lágrimas, forcei-me a deixar meus irmãos entregues à sua própria sorte.

Ao longe, os sons da batalha diminuíam. Mau sinal.

Corri até minha cela. Pegaria minhas parcas posses e fugiria. O motivo de estar ali perdera o significado. O mundo que era o mosteiro desmoronava ao meu redor. Meses de preparação estavam perdidos. Uma pena.

Para minha surpresa encontrei a clausura trancada. Só podia ser travada por dentro, alguém entrara, mas quem? Saquei a adaga e me movi com cautela.

A porta era velha. As tábuas estavam carcomidas e muitas frestas surgiram entre elas; aproveitando-me delas, enfiei a adaga e levantei madeira que servia de trava para a porta. O longo corredor dos dormitórios estava escuro como breu.

Mesmo nas noites de lua plena, o corredor era mal iluminado, só que agora parecia mais sombrio. A escuridão era tão densa que, ao caminhar, tinha a nítida impressão de atravessar as espessas neblinas das margens dos rios da Britannia.

O silêncio era sepulcral, o único som parecia vir das batidas aceleradas do meu coração; tentando escutar a escuridão, eu mal respirava.

Próximo à cela, ouvi um leve barulho. Tinha alguém ali. Com a ponta da adaga, afastei o pano e espreitei o cômodo; até onde podia ver, o lugar estava vazio. Mal entrei quando um vulto me atacou, parecia armado com uma espada e tentou me golpear; com um movimento rápido, joguei o corpo para trás, quase batendo na parede do outro lado do corredor. O golpe passou perto e arrancou o pano que cobria a porta da cela. Não fosse minha agilidade, lapidada por anos, teria sido atingido, mas meu inimigo não desistiu, rapidamente desvencilhou sua arma do pano e se virou para atacar novamente.

– Por Deus, Joseph, sou eu, teu amigo! – gritei para o vulto.

– És tu, Grego?! Tens certeza que és tu mesmo?

Não fosse a situação, aquela pergunta teria me feito rir, mas naquele momento a pergunta me pareceu estranhamente apropriada.

– Sou eu mesmo, meu amigo. Por Deus, quase arrancaste fora minha cabeça, agora baixa a espada e te apressa, temos que sair daqui sem demora.

Todos no mosteiro – e eram muitos, para mais de cem, mais da metade conhecia só de vista – sabiam suas atribuições e as executavam prontamente, sem a necessidade de ordens. Quase nada conversavam entre si e me ignoravam totalmente. Nos muitos encontros nos corredores mal me cumprimentavam. Joseph foi o único a se tornar meu amigo, apesar de me chamar sempre de grego, não importando quantas vezes lhe dissera ser macedônico. "Para mim são todos gregos" – insistia.

Era um homem franzino e doente, acometido por terríveis dores de cabeça que o faziam até mesmo temer a luz do dia. Eu vinha tratando de seu mal com beberagens desde que soube do problema. Infelizmente, não houve melhora, aliás, acho até que piorou. Mal saía da cela; não fosse o perigo iminente, estaria dormindo. E sua pele estava ficando escura. Encontrá-lo e poder tratá-lo foi uma dádiva da Divina Providência.

– Sinto por te atacar, Grego, não te reconheci no escuro, pensei que eras outra pessoa ou coisa, não sei bem, o mundo parece ter enlouquecido... Ah! Deus! – começou a gritar, aproximando o rosto macilento. – Os matei, Grego, todos eles, eram meus irmãos e os matei, por Deus, os matei... – Lágrimas brotavam de seus olhos.

XII

Desde o inicio me empenhei em avaliar cada um dos monges que ali moravam, o que faziam, o que diziam, em tudo prestava atenção. Se as meretrizes disseram a verdade – algo incomum –, a possibilidade de o jovem Feliciano estar neste mosteiro era grande.

– Do velho monge magricela? Sim, lembro-me bem, era asqueroso, por sorte nada quis comigo nem com as outras, só lamento pelo jovem que o acompanhava, era bonitinho, cheirava a leite – disse mostrando os dentes sujos –, teria sido um prazer ensinar algumas coisinhas a ele.

Por certo que teria, e o jovem se lembraria do encontro por um bom tempo, doenças nas partes são difíceis de curar – pensei em dizer, mas me contive, afinal fora eu quem procurara informações com as meretrizes da aldeia. Além do mais, saber que estava na trilha certa muito me alegrou.

Vi muito do que acontecia dentro daquele mosteiro, presenciei costumes estranhos, como a autoflagelação, e atos bizarros. Alguns destes costumes eram repugnantes, mas perdoáveis, outros eram abomináveis, atos tão vis que condenaram, aos olhos de Deus, a cidade de Sodoma.

Minha constante vigília em nada resultou até o momento. A maioria dos monges é bem jovem e veio para cá há pouco tempo – por certo devido à última "visita" dos selvagens. Banho não parece fazer parte da rotina de nenhum deles.

Bom seria se a marca do jovem estivesse na face.

Tem o Drusius. Desde a primeira vista, o abade despertou minhas suspeitas. Para piorar, o monge quase nunca era visto andando pelo pátio, ficava em sua sala o tempo todo, sempre trancado. O homem até mesmo dormia naquela sala. Somente alguns monges falavam com ele – atitudes, a meu ver, de quem tem algo a esconder.

A primeira vez que perguntei sobre o abade foi durante um trabalho na horta. A tarefa era simples: colher cenouras. Estando todo sujo de terra e com as mãos com enormes bolhas, julguei inocente começar uma conversa informal sobre a vida alheia, o monge ao meu lado era um germano de cabelos de ouro e alto como um urso – cujo nome, se me disse, esforcei-me para esquecer, seu bafo era medonho – e sorria como um parvo. Ao ouvir o nome "Drusius", o monge parou o afazer e franziu o cenho, já não sorria. Pareceu-me tão irritado que temi tê-lo ofendido. Rapidamente disse não saber de nada e tentou desconversar, mudando de assunto, e eu, que não queria encrencas com aquele sujeito enorme, assenti e começamos a falar sobre vinhos, que era um de seus assuntos preferidos – como todo monge, nem sempre seguia as regras de se beber somente duas canecas por dia.

Com o passar do dia e o aumentar das bolhas nas mãos, consegui conquistar sua confiança. Aos poucos, revelou-me o que sabia, sempre que falava sobre o assunto ele o fazia em voz baixa e com o rosto sério.

Desde quando se lembrava, Drusius sempre estivera ali. Era filho de um dos fundadores do mosteiro, há mais de noventa e cinco anos, com uma mulher de uma tribo de selvagens – chamados de celtas. Foi criado pela mãe e veio para o mosteiro depois da morte do pai. Morte esta, conforme se dizia, misteriosa e violenta.

– Acho que ele é, na verdade, um feiticeiro, um Druida e não um Cristão como se diz ser. Não confio nestes feiticeiros. – Ao dizer isso, a voz do monge mais parecia um sussurro, mal pude ouvir, mas aquilo muito me interessou. Ele continuou: – Tu bem o sabes que, não por estas terras, onde eles são poucos nestes dias, mas para os lados da Hibérnia, onde eles, os Druidas, ainda são encontrados, muitos deles se dizem convertidos para nossa Religião, mas na verdade continuam a praticar suas vilanias, só que agora escondidos sob o manto do Cristianismo. Lobos, meu amigo, que se fazem passar por cordeiros.

Aquela era a segunda vez que ouvia aquilo, a primeira tinha sido pela boca do próprio Félix, bispo de Roma.

Cristãos Pagãos! – assim Félix os chamou; pessoas que fingem venerar o Cristo Salvador, quando na verdade cultuam seus deuses antigos.

Dos monges mais antigos descobri outras informações: o irmão Drusius foi um dos únicos sobreviventes de um ataque picto ao mosteiro anos atrás. Apesar de temer o perigo representado pelas tribos selvagens, não abandonou o mosteiro fundado por seu pai. Mesmo com tantas mortes, permaneceu e, desde então, tem recebido de braços abertos qualquer um de bom coração em busca de ouvir a Palavra. Um homem como poucos, diziam todos. Reservado. De estranhas manias, mas um homem de Fé.

Apesar de tudo de bom a respeito do irmão Drusius, algo nele me incomodava, talvez fossem seus olhos. Eram muito vivos para um homem tão velho.

XIII

– Mataste o quê, amigo? Quem? – perguntei com voz calma.

– Os monges, todos na igreja – respondeu recuperando a calma. – Foi horrível, um demônio surgiu do nada e... eu... eu fugi... os abandonei para morrer, sou um covarde...

– Calma, homem, fala devagar, não estou entendendo nada do que tu dizes, respira e te acalma...

– Corri como um louco e me escondi – ele continuou, mais calmo. – Fui até tua cela, mas não te encontrei. Achei esta espada sob teu catre, e fiquei com ela. Deus! Estou com tanto medo que não paro de tremer, pareço um maldito cervo assustado, mas tenho que perguntar-te uma coisa, por que guardas uma espad...

Ele nem chegou a terminar o que estava dizendo. O corredor se encheu com um rosnado animalesco e, mesmo no escuro, pude ver o medo estampado em sua face quando dois olhos enormes e brilhantes, vermelhos como o fogo, apareceram na entrada do corredor.

– A porta!!! – gritou Joseph em pânico. – Tu a deixaste destrancada!? Que Deus se apiede de nossas almas e não deixe que o demônio nos leve para o Inferno...

Joseph ainda falava quando coloquei a mão sobre seu peito; sem entender o que estava acontecendo, ele se calou. O corredor, mesmo sendo largo o suficiente para duas pessoas magras passarem de uma só vez, ainda era muito estreito para uma luta. O demônio à nossa frente, alto como um urso em pé, parecia saber disso, tanto que se movia devagar. Seus enormes braços abertos roçavam as paredes. Não havia escapatória, e, mesmo que houvesse, não importava: já fugira demais.

Presas à mostra, o demônio se aproximava. Era muito parecido com aquele da floresta e, por um momento cheguei a pensar que se tratava do mesmo. À medida que minha visão se acostumava à escuridão, notei pequenas diferenças. Os tufos de pelos espalhados pelo corpo eram castanhos, os do da floresta, lembrava-me bem, eram vermelhos, da mesma cor dos seus antigos cabelos.

Quando, a poucos passos de distância, fiz menção de atacar com a adaga, provocado, o monstro atacou.

XIV

Passados alguns dias desde minha chegada ao mosteiro, quando terminava os serviços religiosos da manhã, um dos monges avisou que o irmão Drusius queria falar comigo. Sem demora, fui ao seu encontro. Também tinha interesse nessa conversa. Seus aposentos eram uma das muitas salas do mosteiro que estavam sempre trancadas.

Precisarei de ajuda para vasculhar todas.

A sala do Drusius era parcamente iluminada, a única luz do ambiente vinha de uma vela de sebo sobre a mesa, cuja chama bruxuleante criava uma aura de luz no seu entorno enquanto o resto do lugar se escondia nas trevas. Todas as paredes estavam ocupadas por prateleiras abarrotadas de papiros, entre eles havia até mesmo alguns pergaminhos – coisa rara naqueles dias.

Assim que entrei, o irmão me pediu para fechar a porta e me sentar. A sala ficou mais iluminada. Sentado atrás da mesa, Drusius parecia ainda mais magro, seus cabelos, bem brancos, pendiam em fios escassos sobre sua testa. Em meio àquela luz espectral parecia uma caveira, mas seus olhos estavam bem vivos, e, intimamente, dei graças por estar com meu *gladius* sob as vestes.

– Serei sincero contigo, irmão – começou sem cerimônias – e gostaria que também o fosses comigo.

– Pelo que sei, nunca faltei com a sinceridade, irmão – respondi prontamente.

Ele olhava fixamente para mim, tentando ver através da minha carne, olhos parados, estudando todos os traços do meu rosto; queria saber se eu estava dizendo a verdade ou mentindo.

Falar o menos possível para não me comprometer, esta seria minha estratégia naquela conversa.

– Não me tomes por um tolo, irmão – retrucou estreitando os olhos. – Sei que alguém como tu, com todo seu conhecimento de línguas e escrita, jamais sairia de sua terra natal para se aventurar neste fim de mundo, enfrentando Deus-sabe-o-quê para chegar até aqui, se não estivesse atrás de algo. Ou então... – fez uma pausa. – Fugindo de alguma coisa. Diga-me, irmão, qual das duas opções está correta?

– Não estou fugindo de nada, nem de ninguém.

– E o que procuras? Vingança? Solidão? Perigos? Poder?...

– Sou um homem de Deus, estas coisas nada significam para mim.

Minha resposta pareceu agradá-lo. Por alguns instantes ficou em silêncio.

– Por que não confias em mim, irmão? – perguntou.

– Não o conheço, não sei quem és – respondi por instinto, a pergunta me pegara de surpresa.

– Também sou um homem de Deus, e é por isso que preciso da tua ajuda – disse se levantando.

O lugar estava sufocante, muito quente, e a fumaça fedorenta, com poucas frestas por onde sair, me incomodava. Enquanto o irmão Drusius foi até o fundo da sala buscar alguma coisa, permaneci sentado sem saber em que pensar, desconcertado com o que estava acontecendo.

– Gostaria que desses uma olhada e me dissesses o que vê – recomeçou Drusius se sentando outra vez.

– É um pergaminho – respondi – com escritos em latim. – Não entendia o porquê daquilo tudo.

– Isso eu sei, mas o que está escrito?

– Parece-me um texto filosófico de um pensador grego, talvez, não dá para saber ao certo.

– Olhe com mais atenção, tenta esvaziar sua mente, tenta ver além do que está escrito.

Aquilo me pareceu por demais estranho, muitas coisas passaram por minha cabeça, mas fiz o que ele me pediu: olhei para aquele pergaminho concentrado, buscando algo que não estivesse ali e, para minha surpresa, as letras pareceram tremer e derreter, escorrendo pelo papiro como tinta fresca, apagando todo o texto. Conforme o texto sumia, pude ler um outro, escrito por baixo do primeiro, também em latim, e as primeiras palavras que eu li eram terríveis:

... Eis me aqui, Belzebhub, com o pão e o sangue...

Magia. Aquele texto estava protegido de olhos desatentos por magia. Para qualquer leitor, era um texto comum, que versava sobre coisas banais, mas era, na verdade, a descrição de um sortilégio, um feitiço e o nome que aparecia ali era o do próprio Príncipe da Luxúria, um demônio das hordas de Lúcifer.

– *Grimorium* – sussurrei.

– O texto está incompleto, mas com certeza é parte de uma fórmula mágica, um feitiço – concordou Drusius.

– O que significa isso? Quem escreveu essa vilania?

– É o que também gostaria de saber, irmão – suspirou. – Infelizmente, muito disso ocorre nos dias de hoje. Nossos muros abrigam todo tipo de gente, pessoas vindas de muitas partes, mesmo aqui, longe de tudo, não poucos são aqueles que vieram de locais mais distantes até do que Constantinopla. Para descobrir o responsável, preciso da tua ajuda, sei que és um homem de fé, senti isso desde a primeira vez que o vi. Sei que me ajudará.

– Onde encontrou o pergaminho?

– Na Biblioteca, dias antes de chegares, estava escondido na prateleira, junto com outras traduções de filosofia.

– Desconfias de alguém?

– Qualquer um pode ter feito isso, todos os que trabalham na biblioteca são tradutores e muitos chegaram aqui vindos de longe, como tu, irmão.

Preferi não perceber a insinuação de que eu também poderia ser um feiticeiro que estava atrás de um lugar calmo e isolado para praticar meus sacrilégios e continuei a conversa.

– No último ano, quantos vieram viver aqui?

– Ah, foram muitos, nestes dias de incerteza muitos procuram abrigo entre nós.

– Alguém que tenha vindo de longe, um jovem de cabelos castanhos, mais ou menos da minha altura?

– Pelo que me lembro, você foi o único que...

Nossa conversa foi bruscamente interrompida por insistentes batidas na porta, que ficavam cada vez mais fortes e eram seguidas por gritos que chamavam o nome do irmão Drusius.

Ao sairmos da sala de Drusius, encontramos o mosteiro em polvorosa.

Os monges estavam alarmados. Gritavam palavras desconexas entre si, enquanto corriam em direção ao portão.

Da balburdia só entendi "Rashmutt" e "infeliz".

Rasmhutt cuidava da ordenha, também pastoreava as vacas, enquanto pastavam, do lado de fora do mosteiro. Ao cair da tarde, reunia os animais e os trazia para o curral. Como a noite se avizinhava e nem sinal dele ou dos animais, foram à sua procura. Encontraram o corpo do pobre infeliz.

Seguindo os outros monges, atravessei as plantações de cevada e as oliveiras. Cheguei a uma pequena clareira e vi o corpo do pequeno egípcio, caído de costas sobre uma mancha de sangue.

Ninguém tocara no corpo. Estavam por demais aturdidos. Moscas e outros insetos andavam sobre ele, indicando que morrera havia algum tempo. Assim que chegou, Drusius, o abade, pediu para virarem o corpo. A maioria desviou o olhar, muitos ameaçaram vomitar, outros o fizeram de verdade.

O pobre egípcio fora estripado. Um corte enorme, contínuo, vinha desde a garganta até abaixo do umbigo, deixando à mostra entranhas e ossos. Olhos abertos. Sua boca parecia ter se congelado em meio a um grito.

O corte não parecia ter sido feito com lâmina, parecia mais um rasgo. "Talvez um urso" – sussurravam os outros monges. Mas era improvável, se fosse um animal, o corpo teria sinais de mordidas. *Não. O que matou o pequeno Rasmhutt foi rápido e preciso* – pensei. A não ser pelo rasgo, o egípcio estava intacto. O ferimento me intrigou. Aquelas lacerações só podiam ter sido causadas por garras.

Drusius olhava tristemente para o corpo do monge. Parecia tirar suas próprias conclusões a respeito do ocorrido. Calmamente, levantou-se e caminhou em minha direção. E seu corpo caiu pesadamente. Antes de perceber a situação, ouvi os gritos.

– Pictos – alguém gritou. – Corram para o mosteiro, salvem suas vidas, os selvagens estão atacando.

Todos correram; menos eu. O temor de um ataque era tanto que deixaram para trás o abade ferido. Rashmutt estava morto. Sentia-me culpado, afinal fora eu quem o incentivara a procurar pela causa do ocorrido meses atrás.

"Bruxaria, essa é a causa do leite talhar ainda no úbere das vacas" – foram estas as palavras que usei quando confabulamos. – "O demônio perambula entre os muros deste mosteiro, irmão, e seus servos estão entre nós, ocultos atrás de portas trancadas, conspirando. Se nada fizermos, nos matarão a todos".

Após esta conversa, o pequeno coelho ficou atento como uma raposa, sempre xeretando e me contando tudo o que descobria.

Pelo visto, a raposa incomodara um bicho maior.

Nada mais podia ser feito por ele, mas Drusius tinha chance, bastava tirá-lo dali. Agarrando firmemente seu hábito, levantei seu corpo, coloquei seu braço em torno do meu pescoço e comecei a carregá-lo. Era um homem alto e, mesmo magro, era pesado – nada que não pudesse carregar. Só temia ir devagar demais e ser alcançado pelos selvagens. De repente, o peso diminuiu, Joseph agarrara o outro braço, mesmo adoentado, ajudou-me a levar o pobre Drusius para o mosteiro. Mal entramos, o portão foi fechado. Uma pesada tora foi usada para trancá-lo.

Os monges, atarantados, corriam de um lado para outro sem saber o que fazer. Com cuidado, levamos o ferido para a igreja e o deitamos de lado em frente ao altar. Apesar do que estava acontecendo, alguns irmãos mantinham a calma, Joseph era um deles. Foi ele quem confirmou o que todos temiam.

O ferimento não causara muito estrago, mesmo assim fora o suficiente.

O abade estava morto. O estranho artefato que o atingira parecia uma pequena flecha. Embora primitiva, penetrou fundo nas costas do monge. Ao puxarmos, um filete de sangue escuro e meio pastoso escorreu. A ferida podia ser tampada com o menor dos dedos da mão, por isso não poderia ser tão grave, não parecia ser do tipo capaz de matar com tanta rapidez um homem do tamanho de Drusius. A seta era feita de madeira com ponta de pedra, similar às que vira antes.

– Veneno – concluiu Joseph levando o estranho objeto próximo ao nariz. – Tudo o que estes malditos usam está impregnado de veneno, basta um arranhão para condenar alguém à morte.

Ele acertara, a ponta da seta estava envenenada, e, mais, não era pedra comum, e sim minério de *argentum* – prata. Pelo que pude perceber, a maioria das pontas eram de *argentum* bruto. Soube disso logo nos primeiros dias – alguns monges as guardavam justamente por isso, juntavam todas que podiam, eu até mesmo troquei algumas por lascas de ouro. O futuro é sempre um mistério, só a morte é certa.

Nada mais podíamos fazer. Na verdade, o abade morrera logo após ser atingido, não respirava quando o levantei. Só me arrisquei porque necessitava confirmar uma suspeita. Turok dissera "monges cristãos", e um deles era "magro como uma tripa". Drusius batia com a descrição, e a conversa sobre "joio e trigo" me pareceu deslocada. Enquanto carregava o corpo, pude vasculhar suas vestes – discrição é uma arte. Encontrei o que procurava, uma adaga de lâmina curva, parecida com uma meia-lua.

Drusius era um sacerdote druida. *Um pé de joio a menos*, pensei.

O corpo foi envolto em um pedaço de linho. Ficamos em silêncio, orando em voz baixa pela alma do nosso irmão. Do lado de fora, conforme a noite caía, o medo se avolumava. Todos sabiam. Os pictos – selvagens do extremo norte da Britannia – só atacavam com todas as suas forças durante a noite. Durante o dia simplesmente cercavam suas vítimas, impedindo a fuga. Esta estranha característica lhes valeu a alcunha de demônios, crias do Inferno. Muitos acreditavam serem realmente isso. E rezavam aos Céus por salvação.

Quebrando o silêncio opressivo, perguntei se não era prudente alguém ficar de guarda na vigília, para avisar assim que os selvagens atacassem.

XV

Reagi rápido. Com toda força, empurrei Joseph de encontro ao monstro. De tão aturdido, meu amigo sequer gritou. Pega de surpresa, a fera reagiu violentamente, e rasgou o monge com suas garras. O feroz ataque lançou uma chuva de sangue no ar. Pesadas gotas rubras cintilaram na escuridão, explodindo sobre o corpo da fera. Imersa em sangue, os instintos animalescos do demônio entraram num frenesi de violência e fúria. Por um breve tempo – longo demais – a fera chafurdou em meio aos pedaços do que antes fora o monge. *Juro pelos Céus, ela parecia feliz.* Quando, ainda sob a excitação da carnificina, fitou-me, era a encarnação viva do puro mal. Sem pressa, veio em minha direção, salivando, antevendo uma nova onda de atrocidades. Olhos iluminados com fúria incontrolável, que lentamente foram se apagando. E a fera uivou. De dor.

– Conheço tua laia, *lykánthropos* – disse, aproximando-me da fera caída. – Sei de tuas fraquezas...

Apanhei a espada e, com as duas mãos, cravei-a em seu peito, a lâmina penetrou fundo, cortando seu coração maligno. Sangue jorrou, mais do que jamais vira antes. Urrando de dor, tentava arrancar a espada, mas eu continuava a empurrar. E ele me atacou. Mal pude ver seu movimento. Só me dei conta de que não estava paralisado como imaginei quando suas garras se fecharam sobre meu ombro, rasgando meu hábito e minha carne; a dor foi lancinante, minhas forças me abandonaram, soltei o cabo da espada. Fui arremessado contra a parede como um brinquedo de pano.

A ferida no ombro sangrava em abundância, a dor do impacto era grande, mesmo assim me pus de pé. A criatura arrancou a espada do peito. Minha cabeça doía. Colocando a mão atrás da orelha, senti o cabelo empapado de sangue e o calombo que se formava no local. O corredor girou.

Apoiei-me para não cair. O demônio também estava muito ferido, se apoiava sobre quatro patas, como um lobo, era isso que parecia, um maldito lobo. Além da ferida, sangue escuro escorria pela boca. Ali, diante dos meus olhos, a criatura começou a mudar e a diminuir, tornando-se um jovem de pele clara e muito magro. Antes de completar a transformação, caiu. Morto.

Eu o reconheci. Antes mesmo de ver a cicatriz na sua virilha, sabia quem era.

Por linhas tortas, concluí minha missão.

O emagrecido corpo do jovem caiu de bruços no piso encharcado de sangue, nu como viera ao mundo; a única coisa que usava era um estranho cinto de couro em volta da cintura, muito parecido com o que vira antes, no ritual na floresta.

Curioso, tentei tirar o artefato do corpo. Ao tocá-lo, uma estranha sensação percorreu meu corpo, estranhas imagens de sangue e morte passaram ante meus olhos.

Magia, o estranho objeto estava impregnado de magia.

Com a espada, cortei a faixa e a afastei do corpo. Mesmo sem estar em contato com aquilo, a sensação ainda persistia. Mais violência desfilou ante meus olhos; com asco, arremessei o pedaço de couro profano longe. As imagens cessaram.

Do lado esquerdo da virilha, encontrei a cicatriz. Não havia dúvida, Feliciano estava morto. *Só falta o bispo se recusar a pagar o resto do combinado; de uma maneira ou de outra, encontrei o garoto.*

Ele não fará isso, aposto o contrário: ficará aliviado. Enterrará um caixão vazio com toda a pompa e circunstância devidas ao seu bom nome e literalmente colocará uma lápide sobre o constrangimento de ter um filho ligado a práticas heréticas. Interessante. Só agora me ocorreu uma coisa, o bispo pode ser uma velha raposa muito mais felpuda do que imaginei a principio. *Velho bastardo.*

Avaliando atentamente, "obsessivo" foi a única informação sobre mim pela qual se interessou. Sabia desde o início que eu iria até o fim, sem medir consequências. O resultado não poderia ser muito diferente do ocorrido. *Odeio manipuladores.*

O tempo era curto, os selvagens pictos não tardariam a chegar. Engoli minha súbita indignação e, sem demora, amealhei minhas parcas posses e corri para o estábulo, joguei algumas peles sobre a montaria e abri o enorme portão do mosteiro, soltando os outros animais – não fazia mais sentido deixá-lo fechado, os selvagens acabariam entrando de qualquer jeito. Forçando minha montaria, deixei o lugar de minha morada nos últimos meses, agora maculado com o odor repulsivo da morte.

Ao ganhar a noite, tomei a direção sul, contrária à de onde vinham os pictos. Meus ferimentos doíam como o diabo. Em meio à insana fuga, surpreendi-me pensando nas palavras do bispo: *o conhecimento é uma maldição*. Frase infeliz, conhecimento é uma muralha a nos proteger dos animais inferiores e vale todos os esforços para se obtê-lo. Tanto é assim que retornei até o corpo do jovem Feliciano e peguei a cinta de couro. Hei de descobrir como funciona e melhorarei seu uso.

Mesmo em disparada pela trilha que me levaria para longe dali, ainda ouvi, por um bom tempo, os gritos dos selvagens e, nas poucas vezes em que olhei para trás, pude ver de relance as enormes chamas que consumiram aquele antigo mosteiro da *Britannia* chamado Cândida Casa.

Das anotações de Onnannias, chamado Ulisses.

Post scriptum

Em meio aos escritos obtidos na biblioteca do jovem Feliciano, vários versavam sobre a *Lykánthropia*, que é a mudança de forma de homem em lobo. É tida como uma maldição, mas, devido às anotações encontradas nas bordas dos escritos, creio que o jovem a via como outra possibilidade.

Tendo como pressuposto as informações obtidas, realizei outros estudos, buscando aprofundamento no assunto. Com descobertas surpreendentes.

No Mosteiro Cândida Casa, na Britannia, mais uma vez, comprovei que o *argentum* é uma cura eficaz contra o demônio na forma de *lykánthropos*. Pude comprovar também que o sangue de uma pessoa que tome doses regulares do elemento dissolvido em beberagens faz com que as feras percam as forças com o simples contato, porém as doses devem ser ministradas com parcimônia, uma vez que o uso prolongado parece alterar a cor da pele do usuário, que assume um tom prateado escuro. A espera ideal parece ser a de três meses, tempo suficiente para que a quantidade de *argentum* no sangue seja o bastante, e que o usuário não morra envenenado, assim, possa ser usado na luta contra o mal.

James Andrade é professor e historiador, especialista em Alto Império Romano e Baixa Idade Média. Autor do livro *Getsêmani, a verdade oculta* (Giz Editorial, 2008), uma revelação da nova Literatura Fantástica Nacional. Colaborou com vários artigos para a revista *Leituras da História* (Escala, 2010) e participou da Coletânea *Anjos Rebeldes* (Universo Editorial, 2011). Palestrante e consultor de temas relacionados ao seu período de especialidade e ao Cristianismo da Era Apostólica. Contato: andrade.james@gmail.com

DANIEL LLOYD

Vera Carvalho Assumpção

Beberam, conversaram e dançaram até que Julieta informou que precisava levantar cedo no dia seguinte. Ou, melhor, naquele mesmo dia! Ela sorriu olhando o relógio. Sem comentários, ele a acompanhou através da multidão postada do lado de fora do *Flamingo*, depois pela rua, até o carro dela.

– Querida, você podia ter chamado um manobrista! Preferia não caminhar, a gente dançou tanto! Estou exausto – comentou sorrindo.

Daniel era quarentão. Bonito, simpático, jovial, e não veio com o papo furado de levá-la para o motel, nem fez comentários quando ela pediu uísque com gelo. Ao contrário, tirou um maço de notas do bolso e pagou os muitos que beberam naquela noite.

Conforme avançaram pela rua escura, foram esfriando; ele segurou sua mão e ao chegarem ao *Chevrolet Tracker* prata, beijou-lhe de leve os lábios dizendo que esperava vê-la outra vez. Entregou-lhe um cartão com o número de seu celular. Sem pressa, não forçava nada. Exatamente do jeito que Julieta gostava.

Ela entrou no carro, deu partida. Ele sorriu, cruzou os braços e observou-a ir embora.

Duas noites depois, saíram do *Flamingo*, do barulho constante para o sossego de um restaurante na Alameda Lorena. Ele falou sobre sua vida. Já havia sido solteiro, e casado duas vezes. No momento, era divorciado. Não tinha filhos. Quando vinha a São Paulo, ficava num *flat* no Morumbi. Daniel confessou que o que mais gostava de fazer na vida era navegar em seu barco que ficava numa marina no canal de Bertioga. Era lá que vivia a maior parte do tempo.

Julieta apreciava sua aparência bronzeada, meio surrada por muito sol e as várias rugas que surgiam quando sorria. O que mais gostava, porém, era o par de olhos azuis que a fitavam com gelidez quando falava da sua vida no mar, dos furacões que já enfrentara, dos planos que tinha para conhecer o pouco do mundo que ainda não conhecia... Também falava muito sobre filmes. Ia muito a cinemas e no seu barco havia uma tela. Levantando as sobrancelhas, confidenciou a Julieta que seu ator favorito era Jack Nicholson.

Julieta o olhou e, embora fisicamente não tivesse nada de Nicholson, algo o lembrava. Ele possuía alguma coisa de *O Iluminado*. Ela sorriu.

– Você trabalha com marketing? – Daniel perguntou.

– Marqueteira! – Abriu um imenso sorriso, balançando a cabeça. – Não!

– Professora?

– Que tipo de professora? – A moça continuava sorrindo.

– Você deve ensinar administração, negócios avançados na Universidade. – Seus olhos penetrantes a perscrutavam com atenção.

Novamente, ela balançou a cabeça sorrindo.

– Não sou professora. Quer que eu diga o que faço?

– Você é advogada? Espere. O *Tracker*... carrão pesado. Não me diga. Quero adivinhar, mesmo que leve algum tempo. – Seu olhar azul se perdeu no infinito.

Julieta achou divertido que ele pedisse um tempo para adivinhar sua profissão. Alguns caras, quando dizia o que fazia, ficavam encabulados. Depois faziam perguntas estúpidas: "Como uma garota como você pode fazer isso?" ou "O que a levou a escolher esta profissão?"

Durante todo o encontro, os olhos azuis muito gélidos permaneceram pousados nela. *O Iluminado* vai descobrir o que faço ou terei que lhe falar? Sorriu. Seria bom deixar algumas pistas ou esperar? Tudo naquele homem era gostoso. Aquela atitude de querer adivinhar sua profissão fazia com que gostasse ainda mais.

Naquela noite, no banheiro de sua casa, escovando os dentes, Julieta examinou seu reflexo. Gostava de observar seu corpo bem torneado e malhado em espelhos, de tocar o cabelo negro e curto que não penteava, arrepiava. Sorriu ao se imaginar marqueteira ou professora de negócios avançados.

Durante a semana, conversaram várias vezes pelo telefone. Na sexta feira, Daniel parou sua Mercedes preta em frente ao edifício em que ela morava em Santo Amaro.

Foram ao cinema, jantaram, e, quando voltavam, beijaram-se no carro. Julieta agradeceu a Deus por ele ser um homem que beijava bem. Ele a acompanhou até a porta onde mais uma vez se beijaram. Ela gostou da proximidade de seus corpos, mas não estava pronta para tirar a roupa. Daniel fez menção de entrar, mas com um sorriso a porta foi barrada.

– Posso esperar. – Seu olhar azul pela primeira vez se tornando muito doce.

– Domingo estarei de folga, o que você vai fazer?

***

Beijaram-se no instante em que ela chegou ao seu *flat* no Morumbi. Seu uísque com gelo já a esperava; beberam. Fizeram amor com o sol batendo nas persianas, a cama coberta apenas com um lençol branco. Depois telefonaram para um *delivery* de comida árabe. Ela o olhava e pensava que precisava assistir novamente *O Iluminado* para ver se o olhar de Jack Nicholson era azulado e frio como o de Daniel. Alguma coisa lembrava o transtorno que o rosto da personagem demonstrava por todo o filme. Em vários momentos, ela via trejeitos que remetiam ao filme. Romântica, pensou em amores de vidas passadas. Afinal, "O Iluminado" agia como uma reencarnação ou como impulsionado por vozes do além. Pensar naquilo a excitava.

Fizeram amor outra vez. Com uma Lua novinha iluminando a janela do quarto. Ficaram transpirando lado a lado e exclamando coisas como: "Você é demais" e "Foi muito bom".

– Fique comigo. – Ele fez uma das caras da personagem de Nicholson.

Ela sentiu o medo que a excitava. Sorriu.

– Preciso me vestir antes das seis horas da manhã e as roupas estão em minha casa!

– Você é comissária de bordo? – O olhar azul fincou-se com força. – Não! – ele mesmo respondeu. – Se está neste ramo, só pode ser a comandante da aeronave.

– Continue tentando. – Julieta observava os trejeitos, seus olhos gelados, sentia medo; e este medo fisgava algo dentro de si.

Sorriu, tentou adivinhar um pouco mais daquele olhar tão azul. Embora fosse frio, era como uma luz quente tocando seu rosto e outras partes do seu corpo, como se a estivesse examinando enquanto tentava adivinhar-lhe a profissão.

Suspirou. Era muito bom se deixar apaixonar.

***

Na segunda-feira, às seis da manhã, Julieta estava em sua delegacia de polícia, enfrentando uma rebelião de presos. Policiais e delegados amigos também estavam lá. Dentro do prédio, estava preso um cara graúdo do tráfico de drogas. Não iria ser fácil! A imprensa chegou e do lado de fora, militantes de partidos políticos e parentes de detentos davam seu *show*.

A delegada vestia um casaco e tinha a arma presa às costas. Aparecer para a imprensa segurando uma arma, seria assunto para muitos editoriais. Se fosse baleada por um bandido, gente ligada aos direitos humanos do mundo inteiro apareceria para desculpar e proteger o bandido. Se ela atirasse, meu Deus! Era bom nem pensar!

Ela e sua equipe conduziam as negociações.

– Julieta, quer vir comigo e largar tudo? Conheço um motel bem perto daqui onde podemos ficar e esperar passar a onda!

Ela correu os olhos pelos policiais, seus auxiliares de muito tempo. Embora sorrissem, estavam todos tensos. Faziam aquela brincadeira por ela ser mulher.

– Não fosse o horror que temos pela frente, iria com cada um de vocês – tentou descontrair, sem sucesso.

Eles contiveram risos nervosos. Teriam de transferir o chefão do tráfico antes que houvesse uma fuga em massa, o que estava prestes a acontecer. No auge da tensão, reviu os olhos azuis gelados, pensou que precisava assistir novamente *O Iluminado*. Recordou-se da machadinha, dos trejeitos. Aquela lembrança conseguiu fazer com que um pouco de alegria a deixasse menos tensa.

Por fim, chegou apoio.

Diante da imprensa, o batalhão invadiu a delegacia. Gás lacrimogêneo, escudos, etc. Não houve tiros. Não houve feridos graves. Depois de um tempo, conseguiram transferir o chefão do tráfico e acalmar os presos comuns.

Ela deixou-se cair em sua cadeira enquanto a turma de apoio se retirava. O edifício deveria retomar as atividades normais. Mário, delegado da velha guarda, companheiro do seu pai, experiente em apoio de casos extremos, não se retirou. Na porta da sua sala, com um maço de cigarros na mão, fez sinal para Julieta. Ele saiu do prédio, ela foi atrás.

– Obrigada pela ajuda. Se você não trouxesse seu batalhão, teríamos muito horror pela frente – comentou já do lado de fora.

Mário acendeu um cigarro, deu uma tragada muito profunda. Depois de soltar um pulmão de fumaça, falou:

– Conte sobre seu novo amigo, Daniel Lloyd – a expressão do experiente delegado era muito séria.

Julieta levou um choque. Sua vida privada exposta ali! Olhou firme para Mário. Ele parecia fisicamente com Jack Nicholson, não o do filme *O Iluminado*, dirigido por Kubrick, mas o da comédia romântica *Como você sabe*.

– Quem te contou que Daniel é meu novo *amigo*? Anda me seguindo? – Sua voz se elevou, inconscientemente. – Como você sabe nome e sobrenome dele?!

– Calma, menina! Estamos vigiando Daniel.

– Vigiando Daniel! – Ela retesou o corpo.

– Já faz algum tempo que o vigiamos. Quando você conheceu o cara?

– Se estão vigiando o cara, devem saber que o conheci no bar e danceteria *Flamingo* há duas semanas – sua voz saiu cheia de raiva.

– Resposta correta – ele sorriu. – E vocês se encontraram na sexta passada. Ontem, domingo, foi ao apartamento dele e retornou de madrugada. O que esse cara pensa de você ser delegada de polícia?

– Ele ainda não sabe – ela conseguiu forçar um sorriso.

– Como assim? Daniel Lloyd não sabe que está saindo com uma delegada? – Mário franziu a testa, arregalando os olhos.

– Ele quer adivinhar o que eu faço. Todas as sugestões estão muito longe do alvo.

– Ele deve ser um cara legal, bonitão, com grana, gastador – Mário enumerou como se a estivesse repreendendo.

– Por que você não para de dar voltas e me diz o que está acontecendo? – a delegada irritada puxou o ar como se estivesse buscando paciência para aquela conversa.

– O que está acontecendo é que temos uma delegada de polícia que está dormindo com um assaltante de bancos. Um assaltante que utiliza novas técnicas, um pouco estranhas, mas que está se dando muito bem!

– Não pode ser! – Julieta sentiu um profundo mal-estar. Já não bastava toda a tensão da manhã e mais aquela notícia! Daniel não era um assaltante, repetiu mentalmente e fitou Mário.

Enquanto acendia um cigarro no outro e puxava a fumaça como se fosse seu último desejo, Mário explicou que Daniel era suspeito de seis assaltos a banco. A julgar pelos vídeos dos assaltos, ele agia sozinho e ninguém conseguia pegá-lo. Mudava o disfarce. Ninguém o via entrar, as portas não captavam o metal da arma que usava. O mais estranho é que, enquanto estava assaltando, as pessoas juravam que tomava várias formas estranhas, demoníacas. Havia impressões digitais dele nos balcões, mas não havia identificação nos arquivos. Parecia ter recém-iniciado sua carreira criminosa, com muito êxito! Seis assaltos muito bem sucedidos!

– O que vocês têm de positivo? – Julieta quis saber. – Afinal, sob a mira de uma arma muita gente delira. Um cara pode mudar o disfarce, mas se transformar assim...

– Já que quer saber... – respondeu Mário tirando um envelope do bolso. Antes de abri-lo, jogou o toco de cigarro no chão e o apagou com uma pisada muito mais forte do que o necessário. Expeliu mais um pulmão de fumaça, mostrou as fotos. Eram cinco imagens feitas a partir dos vídeos no decorrer dos assaltos.

Ela olhou a primeira foto. Um homem de cabelos negros, pele muito branca, um imenso bigode, sobrancelhas grossas e negras, brinco na orelha e óculos escuros.

– Este não é Daniel – afirmou, sentindo-se aliviada ao constatar que não havia a menor semelhança.

– Veja todas as fotos com muita atenção. Ele usa disfarces diferentes em cada uma delas. Com certeza vai encontrar alguma semelhança.

Ela observou as fotos uma a uma com muita atenção até que viu a última. A única em que o sujeito estava sem óculos escuros e olhava diretamente para a câmara. Ela deu dois passos para trás, encostou-se à parede do prédio. Fechou os olhos. O azul gelado do seu olhar. O mesmo olhar d'*O Iluminado* quando pegava a machadinha e agia sob o efeito das almas do outro mundo. Seria o olhar de Daniel?

– Durante o assalto, as pessoas que estão no banco afirmam que ele estufa o peito. Todo o seu corpo ganha proporções inimagináveis, ele solta gargalhadas, seus olhos lançam fogo – Mário falava sério. – A princípio achei tudo muito absurdo, mas são tantas as testemunhas que o veem e o descrevem da mesma forma que começo a acreditar.

– Você está brincando comigo? – Apesar do olhar da foto, não podia acreditar nas palavras de Mário.

– Há uma única testemunha que o viu em fuga – Mário continuou. – Uma mulher viu uma estranha criatura sair de um banco e correr para a Mercedes preta. A testemunha lembrava a placa do carro. Foi isso que nos trouxe até seu amigo Daniel Lloyd.

– O que vocês entendem por estranha criatura? – Julieta não conseguia acreditar que Mário pudesse falar sobre isso com tanta convicção. Tampouco podia acreditar que Daniel fosse um assaltante de bancos e muito menos que usasse disfarces!

– Todos descrevem a mesma coisa. A testemunha que o viu fora do banco também fala num ser com olhos de fogo.

Julieta começou a rir, mas, diante do olhar sério de Mário, ficou pensativa. Seria um delírio coletivo?

– O que quer que eu faça? Consiga as impressões digitais dele num dos copos em que bebemos uísque? – satirizou. – Vocês já conseguiram as digitais no balcão do banco, não é?

Mário olhou para o chão. Ao levantar a cabeça, arqueou a sobrancelha.

– O que eu quero que você faça, menina, é investigar a vida dele, descobrir seus segredos.

– Não sei se vou poder fazer isso. – Ela sentia como se o mundo estivesse desabando. Conhecera um cara legal, estava se apaixonando por ele, e Mário, outro cara muito legal, que fora amigo do seu pai, vinha lhe dizer que Daniel se transformava em uma criatura estranha, soltava fogo pelos olhos e assaltava bancos!

– Talvez você esteja apaixonada. Não tem coragem de escavar a imagem que ele lhe passa – Mário falou.

– Estou completamente confusa. Um homem que se transforma enquanto assalta bancos? Você tem certeza? Será que quando estamos juntos corro o risco de me deparar com esta criatura que tem uma bomba de ar dentro de si? – Ela esboçou um sorriso nervoso. – Sou delegada de polícia, já me vi em diversas ocorrências apavorantes, mas esse tipo de situação, não sei como enfrentar!

– Tampouco eu sei! – Ele abriu os braços. – Só sei que você é a pessoa ideal para conseguir informações íntimas do sujeito. Onde morou, se já usou outros nomes, se tem alguma marca no corpo que o possa identificar, uma cicatriz, um ferimento à bala, tatuagens, coisas que só minha adorável menina vê quando ele tira a roupa. – Mário levantou as sobrancelhas num olhar malicioso.

Julieta fechou os olhos, reviu a tarde de domingo. Não se lembrava de nenhuma marca que tivesse lhe chamado a atenção. Daniel tinha um corpo perfeito. Bronzeado, musculatura firme. Ao abrir os olhos, deparou-se com Mário. Será que ele enlouquecera e queria enlouquecê-la também?

– Preciso voltar ao trabalho – foi o que encontrou para falar e sair daquela situação.

– Menina, se cuide! – Mário sorriu. – Qualquer novidade, me ligue.

– Espero não ter mais rebeliões, nem surpresas desagradáveis – também sorriu; beijou-o na face.

Observou Mário caminhar até a viatura. Ele se foi e ela entrou.

Na sua sala, tentando organizar sua mesa após a rebelião, pensou em Daniel. Gostava dele. Pensava nele com carinho. Era um sujeito com quem gostava de ficar. Será que Mário estava bem do juízo? Daniel ser um assaltante de bancos já era inacreditável, mas se transformar numa estranha criatura era um delírio! Será que o susto causado pelo assalto produzia aquilo? Pessoas sob a mira de um revólver reagiam de formas estranhas. No entanto, o olhar que vira na foto... Sentiu curiosidade. Ligou para Daniel, convidou-o para jantar.

Ao sair da delegacia, Julieta passou pelo supermercado. Comprou macarrão, molho e queijo.

Entrou em casa, tomou banho e se vestiu. Foi para a cozinha, mas deixou sua arma sobre a mesa. Uma pista para que ele descobrisse sua profissão. Uma pista para que ela sentisse sua reação.

Daniel bateu na porta.

Carinhosa, recebeu-lhe com um longo beijo. Preparou dois copos de uísque com gelo. Estava colocando o macarrão na água quando ele viu a arma sobre a mesa.

– O que é isso? – disse numa voz de surpresa.

– Ah! Agora vai ficar fácil você adivinhar minha profissão.

– Você é da polícia? – perguntou com a arma em mãos, enquanto a examinava, com admiração.

– Sou delegada. – Ela o olhou, procurando um sinal de surpresa.

– Jamais teria adivinhado... – admitiu Daniel, largando a arma e servindo a segunda dose de uísque.

– Hoje o dia foi duro. Rebelião de presos! – comentou balançando o copo; deu um gole na bebida. – Beber e dançar alivia o *stress*!

– Você gosta do que faz?

– Gosto muito.

O macarrão ficou pronto.

– Você está muito quieta – notou enquanto jantavam na mesa da cozinha.

– Rebelião de presos é coisa séria! Estou cansada.

– Não consigo imaginar você como delegada, enfrentado presos perigosos!

Julieta o fitou. Os olhos azuis idênticos aos da foto lhe causaram uma fisgada nas entranhas.

– O que pareço?

– Você é uma mulher bonita. Uma modelo famosa.

Meu Deus! E se o olhar for o mesmo? Estremeceu.

– Se você tem um barco em uma marina em Bertioga, o que faz em São Paulo? – Ela tentou disfarçar a agitação com um sorriso forçado.

– Venho a São Paulo pagar contas e comprar o que não se encontra por lá. Venho por obrigação! Agora que conheci você, estou ficando mais tempo. O que gosto mesmo é sair no meu barco. Estar no mar.

– Que tal irmos para lá no próximo final de semana? Estarei de folga.

– Ótima ideia!

Terminaram o jantar e fizeram amor no escuro.

A delegada queria ligar as luzes para investigar o corpo de seu companheiro, buscar marcas, mas estava cansada. A tensão do dia fora acima da média. Deixou as coisas rolarem. Nas carícias não sentiu nada de estranho. Só o azul do olhar sempre fincado nela.

Daniel se foi.

Ela custou a pegar no sono com tantas imagens em sua cabeça. Os olhos azuis faiscando, os trejeitos. Um homem agindo de acordo com vozes de outro mundo, outras existências.

Amanheceu desgrenhada pelas imagens do sonho. Amaldiçoou Mário por ter inventado toda aquela história de transformações e assaltos a banco.

Julieta passou a manhã na delegacia. Na hora do almoço, Mário ligou:

– Estou saindo de uma ocorrência. Vou passar por aí. Preciso falar com você.

Logo ele chegou.

– Aconteceu o sétimo assalto. As mesmas características. O homem entrou armado sem que as portas captassem metal. Assaltou, transformou-se na criatura extravagante e saiu com o dinheiro sem que ninguém soubesse explicar como. As câmeras filmaram enquanto ele estava dentro, mas não captaram a transformação nem a saída. Por sorte, até agora ninguém se feriu.

– Passei a noite sonhando com esses horrores que você descreve! – Exalou um suspiro agoniado. – Estou perdendo as forças.

– Desculpe, mas o assalto aconteceu! Estive no local, vistoriei as câmeras. – Entregou-lhe mais três fotos.

Julieta examinou uma a uma com vagar. O assaltante usava barba, bigode, estava vestido com calças jeans e camiseta branca lisa, gola alta e mangas compridas. Os cabelos eram castanhos, estavam bem penteados. Na terceira foto, estava sem óculos, voltado para a câmera. O olhar azul não deixava dúvidas. Era Daniel. Estremeceu, sentiu que a saliva faltava em sua boca.

– Desta vez ele levou quinze mil reais dos caixas. Muito pouco se compararmos às outras vezes. Deixou todos estendidos no chão, fez aquela cena de se transformar em algo esquisito e desapareceu. Do lado de fora, ninguém o viu. Teve uma pessoa que reconheceu a Mercedes. Viu quando o carro saía de uma pequena Praça da Vila Olímpia, nas imediações do banco assaltado. Existem pouquíssimas Mercedes pretas como a dele.

– Meu Deus! – A delegada fechou os olhos e balançou a cabeça.

Mário se levantou e lhe trouxe um copo de água que foi bebido em um gole.

– Não sei o que dizer. Talvez, sabendo que você é delegada, esteja querendo se divertir um pouco mais. É a segunda vez que conseguimos pegá-lo olhando para a câmera.

– O olhar azul é dele! Mas não posso acreditar que seja Daniel! – Ela olhou mais uma vez a foto em que o assaltante fitava a câmera. – A cada dia este olhar me parece mais estranho. Mais gelado.

– Tente confirmar se, de fato, é o mesmo cara. – Mário colocou a mão sobre a dela. – Tenha muito cuidado. Não faça nenhuma besteira...

Mário pediu seu celular e programou seu próprio número; bastaria que apertasse a tecla 7 para chamá-lo.

– Cuidado. Se precisar de ajuda, é só ligar.

Ela se despediu sem acreditar no que estava ocorrendo. Daniel não podia estar fazendo o que Mário descrevia. Era um ser normal. Quando faziam amor, era o melhor homem que já tivera. No entanto, no fundo da sua alma, a curiosidade gritava.

***

Julieta convidou Daniel para jantar. Passou o resto da tarde pensando em Jack Nicholson e no filme *O Iluminado*. Na machadinha e nas expressões do ator. Ele não se parecia fisicamente com o ator, mas tinha algo do seu olhar de alucinado.

A visita chegou pouco depois das sete.

Beijaram-se. Ela lhe tocou o rosto, movendo a mão de leve por sua pele, buscando algo de diferente.

– Estou preparando nosso uísque – disse, antes de ir para a cozinha.

– Posso ajudar? – O azul de seus olhos pareceu esquentar.

– Sente e relaxe.

Em poucos minutos, Julieta retornou à sala segurando dois copos de uísque e gelo.

– Este é seu.

Entregou-lhe um copo.

– Saúde! – Ele levantou o copo e tocou no dela, sem tirar-lhe o olhar azul.

– Como foi seu dia?

Os dois se sentaram no sofá, deram uns goles na bebida. Ele contou o tanto que se esforçou para encontrar as peças que faltavam para a reforma de seu barco. Falou sobre as lojas em que estivera.

– Tudo isso depois que tirou o carro da Praça da Vila Olímpia? – Seu espírito de delegada não resistiu à vontade de fazer a pergunta.

– Por que você acha que meu carro estava parado na Vila Olímpia? – Daniel replicou, esperando que ela ingerisse toda a sua bebida.

– Você parou lá e sacou quinze mil reais. – Decidida, enfrentou o olhar azul. No fundo, torcia para que ele respondesse que estava em outro local e que pudesse provar.

Mas não foi o que ele fez. Continuou fitando-a com um azul que ia perdendo o calor e ficando mais e mais gelado.

– Daniel! Eu estou apaixonada de verdade. Você não pode estragar tudo.

Ele manteve o olhar azul, fazendo-a pensar que as estrelas azuis possuíam temperaturas mais altas do que as vermelhas.

– Estou saindo. – Daniel anunciou, levantando-se. – Se é isso que você pensa de mim!

– E o que é que eu penso? – lembrou-se de que não havia falado sobre assalto.

Olhou para o celular sobre a mesa de centro, era discar a tecla sete e Mário saberia que era a hora de vir ajudá-la. Mas Daniel foi mais rápido. Num salto, pegou o celular e o enfiou no bolso.

Meu Deus! Parecia um sujeito tão legal! Julieta o observou se dirigindo para a porta e se voltando uma última vez.

– Que tal me dar cinco minutos? – sorriu, mas o sorriso não chegou aos olhos. Lâminas azuis que a feriam.

Ela sentiu que um vento estranho entrava pela porta.

– Sou delegada, estou dando ordem de prisão a você por assalto a banco.

O homem, porém, deu uma gargalhada. Nesse instante, a dona da casa conseguiu ir até a prateleira onde deixara sua arma. Pegou-a.

Voltou-se para o assaltante, sentiu algo estranho. A camiseta que ele vestia apertava-se no peito que parecia crescer.

– Eu disse que não queria machucar você, que me desse cinco minutos. – Os olhos se abriram além do normal, e o azul se acentuou. – Nós vamos passar o final de semana no meu barco. Lá você vai saber tudo sobre mim.

Julieta levantou a arma, firmou as duas mãos em posição de tiro.

– Estou lhe dando uma ordem de prisão. Se você tentar sair, eu atiro. – Faltava pouco para que começasse a chorar. Querendo que tudo fosse explicado, querendo não ter de fazer nada do que estava fazendo.

– Não vai não, meu bem. Você não vai ter coragem para atirar! – Os olhos a fitavam, deu um passo para trás em direção da porta. As lâminas azuis cortando algumas amarras dentro dela. – Você vai me dar cinco minutos e vamos para meu barco no final de semana.

A delegada atirou. O assaltante manteve o olhar. O azul ia tomando tons de vermelho. Ao invés de gritar, ele gargalhou. Foi, então, que Julieta viu o homem se transformar. Atônita, viu seu peito crescer, seus olhos ficarem cheios de fogo. Atirou outra vez. Descarregou toda a munição. Nada aconteceu. Nem uma gota de sangue.

– Pode atirar o quanto quiser. Não vou sangrar nem morrer.

Apavorada, abaixou a arma; deixou-a cair no chão. As lágrimas pulavam de seus olhos.

– Precisava de grana e fiz alguns assaltos, mas não machuquei ninguém. Gosto de você! Estou apaixonado por você! Não quero machucá-la. Quero levar você para meu barco. Você vai ficar comigo para sempre.

A transformação de Daniel continuava. Seu peito crescia, seus olhos começavam a soltar fogo. Julieta observava num misto de pavor e excitação.

– Pedi cinco minutos para fugir. A transformação acontece. Depois de um ponto, não tenho mais controle. Nos assaltos, costumo sair antes da transformação completa para evitar ferir as pessoas. Eu amo você! Você é minha! Vim buscá-la!

Ele fechou a porta. Veio andando muito lentamente em sua direção, uma figura estranhíssima. Julieta viu o fogo nos olhos e a bocarra se abrindo. Os caninos eram imensos. Como um tigre esfomeado, pulou sobre a vítima. Fincou os dentes em seu pescoço. Foi a última coisa que ela sentiu, dentes gelados entrando em sua carne, em seu corpo.

***

No dia seguinte, quando a polícia encontrou o que restou do corpo, Mário foi ao local. Até ele, que era um delegado antigo e calejado, ao ver o desastre, começou a vomitar.

Durante a madrugada, numa marina de Bertioga, um enorme barco se soltou, atravessou o canal e vagou em alto mar. Quem foi à praia, na tentativa de ver o raro raio verde do amanhecer, viu sobre o barco Julieta e Daniel entregues a amores ensandecidos!

Vera Carvalho Assumpção, nascida em São Paulo, criou o detetive Alyrio Cobra, protagonista de *Paisagens Noturnas* (Landscape, 2003), *Rigor da Forma* (2009), *Peças Fragilizadas* (KBRdigital 2012), *Serpente Tatuada* (KBRdigital 2013) e *Mandalas Translúcidas* (KBRdigital 2013). Publicou também *Sacerdotisa* (KBRdigital, 2010). Recebeu os prêmios *Gralha Azul* e *Guimarães Rosa* de contos e participou de várias antologias de contos premiados nos concursos das cidades de Araçatuba, São Caetano, Franca, Barretos etc. É também autora de livros infanto-juvenis, entre eles, o *Caldeirão de Raças* (Editora Prumo 2010).

RETRATOS DA MORTE

Debora Gimenes

O *show* havia terminado com quase uma hora de atraso. Os fãs estavam felizes, pois as meninas do *Hellish Girls Club* arrasaram na apresentação. A banda era formada por cinco jovens com idades entre vinte e cinco e trinta anos. A vocalista, Bárbara O'Neill, era a mais alta e mais velha do grupo. Seus cabelos negros com mechas vermelhas tinham um corte espetado que lembrava uma personagem de *mangá*; era muito magra e tinha o corpo cheio de tatuagens. Era a líder da banda.

Enquanto os fãs saíam pela entrada principal da boate *O Covil*, as meninas se dirigiram para a saída dos fundos. O ônibus exclusivo estava na esquina, a uns trezentos metros do lugar mais badalado de São Paulo. Caminhavam pela rua deserta, acompanhadas pelos seguranças. De repente, um grito alto e estridente foi ouvido pelo grupo. O som não parecia ser humano, lembrava mais o uivo de um animal. Durou quase um minuto e deixou todos com os cabelos da nuca arrepiados.

Logo que o grito parou, Bárbara viu uma velha em farrapos passando atrás do ônibus, ela era muito magra e sua pele muito pálida. Seus cabelos finos esvoaçavam com a brisa; seu olhar deixou a vocalista apavorada. Ela comentou com o grupo, mas ninguém tinha visto a tal mulher. Entraram no ônibus e voltaram para o hotel. Bárbara insistia com todos que tinha visto uma velha.

– Deve ter sido uma desabrigada ou uma maluca qualquer. Você está impressionada, Bárbara, andou lendo muitas histórias – comentou Anna, a baterista da banda. – Ela estava vestida de branco? – brincou.

– Não. Suas roupas eram cinza. Por quê?

– Podia ser a mulher de branco. – Todo o grupo riu da referência de Anna, inclusive um dos seguranças. Bárbara ficou chateada com a zombaria e foi se sentar no fundo do ônibus, colocou os fones de ouvido e começou a escutar o álbum *Houses of the Holy*, do Led Zeppelin. Fechou os olhos e adormeceu.

***

Paula Oliveira, uma jovem de vinte e oito anos, morena, de uma beleza fora dos atuais padrões brasileiros, trabalhava no Laboratório Criminal desde que se formara na Academia Barro Branco. Naquele dia, como fazia quase todas as manhãs, entrou na Rua Moncorvo Filho e estacionou seu carro em frente ao laboratório. O vigia estava caminhando pelo estacionamento e a cumprimentou; ela retribuiu com um sorriso, enquanto ligava o alarme do veículo. Eric, seu chefe, um homem alto e musculoso, com um cabelo negro e liso, apareceu na porta fazendo um sinal de meia volta. Carregava na mão o equipamento fotográfico da perita.

– Paula, estamos indo para o lixão. Acharam um corpo lá. Você vem com a gente! – ordenou.

– Bom dia, Paula! Dormiu bem? – brincou com o humor dele. Achava um absurdo ele não cumprimentar seus subordinados com um simples "bom dia". Ela, principalmente, era o alvo de sua frieza. Normalmente não ligava, mas estava cansada. Soltou um suspiro e o seguiu até seu carro. Antes de entrarem, ouviu passos rápidos e Jorge já estava ao seu lado exibindo um lindo sorriso largo. Paula adorava o magricela que era seu colega desde o tempo de quartel. As sardas e o cabelo cor de fogo não ajudavam a melhorar sua feiura.

– Bom dia, Paulinha! – cumprimentou, virando-se para o chefe em seguida. – Aqui está a maleta.

Jorge trazia a maleta com os pós de Eric. Ele tinha vários tipos para poder tirar impressões digitais, porém o mais usado era o pó de alumínio, que funcionava em várias superfícies. Outro produto que não faltava na maleta dos peritos era o luminol (um reagente químico que, em contato com o sangue, causava uma reação de quimiluminescência) e outros equipamentos que poderiam ser usados na perícia.

Eric era um dos poucos peritos do Brasil que havia feito um curso de papiloscopia nos Estados Unidos. Ele lecionava uma vez por semana na academia de polícia, ensinando aos novatos a função de cada produto, como manuseá-los e porque eram precisos tantos tipos diferentes.

Após quase noventa minutos de trânsito, conseguiram chegar ao local do crime. Paula pôde ver que o corpo estava na estrada de terra e não propriamente no lixão, como havia pensado. O chefe dos peritos começou a dar ordens. A moça foi fotografar o corpo, enquanto Jorge procurava evidências por perto. A polícia civil estava ali entrevistando as testemunhas, a militar tentava preservar o local.

Eric estava ao seu lado examinando a vítima, uma mulher trajando calça *jeans*, um *top* preto e correntes na cintura, pulsos e pescoço. Tinha tatuagens pelo corpo todo, mas a do braço esquerdo chamou a atenção dos peritos. Era a imagem de uma mulher com chifres, cauda e um tridente. O perito pareceu reconhecê-la.

– Mulher, entre vinte e cinco e trinta anos. Pelo estado de rigidez do corpo, deve ter sido morta durante a madrugada. Paula, por favor, fotografe essas escoriações aqui. Próximas à tatuagem.

Conforme ela fotografava, percebeu que a vítima lhe era familiar; sua mente começou a trabalhar e ela se lembrou. Era Bárbara O'Neill.

– Vamos ter problemas se não tirarmos essa moça logo daqui.

– Por que diz isso? – perguntou o chefe mal humorado.

– Essa jovem é Bárbara O'Neill. Líder das *Hellish Girls Club*. A banda de rock do momento. Fizeram um *show* ontem n'*O Covil*, estavam embarcando para fazer outro esta noite, no Rio de Janeiro.

– Sim, agora sei de onde eu reconheço essa tatuagem, minha filha caçula queria permissão para fazer uma igual.

– Esses arranhões... Eles foram feitos após a morte da vítima, são hematomas de arrasto – explicou, apontando para o antebraço direito.

– Sim. Está vendo estas manchas de sangue aqui na barra da calça? Não há ferimento aqui, foi adquirido. Provavelmente o criminoso arrastou nossa vítima do local onde foi morta e a barra da calça teve contato com o sangue. Olhe o ferimento da cabeça. Deve ter sido o que causou a morte.

Jorge começou a gritar pelos agentes; estava distante e os gritos eram abafados pelo barulho da cidade.

– Vejam isso! – Os dois peritos se aproximaram do jovem. – É uma pegada parcial, e a terra aqui está bem remexida. – Jorge mostrou o que havia achado.

O criminoso, provavelmente, havia tentado apagar as evidências. Paula fotografou a pegada. Tirou uma régua da bolsa, colocou ao lado da marca e fotografou mais vezes. Repetiu o processo com a régua abaixo da pegada.

O corpo foi levado para o IML. Os peritos fizeram uma busca mais ampla pelo local e Eric encontrou uma máquina digital caída atrás de uma pedra. Colocou o objeto dentro de um saco plástico e entregou à Paula, que o guardou na sua mala. Depois de terminada a perícia no local, todos voltaram ao laboratório.

***

Paula começou a analisar a máquina fotográfica. Com um bastonete, retirou algumas manchas vermelhas da lente e mandou para a análise. Cuidadosamente, pegou o pó de alumínio na maleta e começou a pincelar a superfície prata e logo algumas digitais apareceram. Com a fita adesiva, coletou as digitais e comparou com as de Bárbara. A máquina parecia ser da jovem morta.

Ela conectou o cabo USB de seu notebook na máquina e começou a analisar as fotos que a cantora havia tirado. Eram fotos da turnê, as meninas da banda juntas numa farra particular em algum hotel, fotos de sua intimidade com um dos seguranças, depois fotos dela na Av. Paulista, no Parque do Ibirapuera e do *show* realizado aquela noite. Essas chamaram muito a atenção da perita.

Paula verificou uma a uma as fotos, em todas havia um padrão muito suspeito. A imagem de Bárbara era apenas um borrão, as das outras integrantes estavam nítidas. Ficou assombrada com as fotos, mas percebeu algo ainda mais estranho. No fundo do palco, havia uma mulher velha, com roupas em farrapos e de aparência medonha. Seu celular tocou, era uma mensagem do chefe. A autópsia estava para começar.

***

A sala do necrotério era fria, os médicos estavam vestidos com jalecos azuis e o corpo estava sobre uma mesa de metal. Jorge já tinha feito a perícia do corpo e recolhido algumas informações que poderiam servir como evidências. O corpo já estava limpo e despido. O doutor Rodrigues estava começando a abrir o tórax da vítima quando Paula entrou.

– Boa tarde! – cumprimentou a todos. Eric estava presente também, ela percorreu os olhos rapidamente e não avistou Jorge.

– Boa tarde, jovem – respondeu o médico, com cara de poucos amigos. Ele era baixo e gordo; usava um bigode enorme para esconder a cicatriz do lábio leporino. Olhou sério para Paula e perguntou:

– É sua primeira autópsia?

– Não, senhor. Estou preparada.

– Que bom. – Ele tomou fôlego e continuou a falar para o assistente que segurava um gravador digital. – O corpo apresenta lesões de defesa. Há hematomas nos braços e pernas, indicando que a vítima usava drogas frequentemente. O sangue da vítima já foi colhido e enviado para análise toxicológica.

Com um bisturi afiado abriu o corpo da garganta até o ventre, dobrou a pele para o lado, depois, com uma serra, removeu as costelas e continuou o trabalho, tirou fígado, coração, pulmão. O médico colheu uma amostra do conteúdo do estômago da vítima; um cheiro forte de álcool se misturava ao cheiro acre do líquido estomacal. Depois fez o mesmo com a cabeça. A pancada não fora forte o suficiente para matar Bárbara instantaneamente, contudo, o ferimento fora bastante para causar um inchaço. Afora isso, nada além do normal foi achado dentro da vítima. A causa de sua morte ainda era um mistério. As amostras foram mandadas para análise.

Todas as integrantes da banda e os seguranças foram interrogados, ninguém sabia como Bárbara havia saído do hotel. Um dos seguranças comentou sobre a velha que ela tinha visto, mas confirmou que ninguém mais presenciara a aparição.

Dois dias mais tarde, a investigação estava parada. Não havia suspeito, não havia nenhuma evidência concreta. Os exames de sangue indicaram vários níveis de drogas e álcool, o que provavelmente a levara ao coma alcoólico e à morte. A mídia estava em cima de Eric, querendo mais respostas.

Paula refletia sobre a pegada parcial, os arranhões na vítima e as fotos com a velha. A moça estava caminhando e pensando na volta para casa após um dia complicado de investigações quando Jorge apareceu no corredor chamando por ela.

– Paulinha?

– Oi, Jorge? Quer carona?

– Esqueça, temos que voltar ao trabalho. Um corpo foi encontrado na Rua Nicolas Bôer, esquina com a Avenida Marquês de São Vicente. O chefe quer a gente lá.

A moça torceu o nariz, mas não podia fazer nada. Era uma ordem.

***

O corpo de Gabriel O'Connor, de quarenta e cinco anos, jazia na calçada; vários transeuntes observavam a movimentação, complicando o trânsito local. Um buraco de bala calibre 38 era visto bem no meio de sua testa.

– Hoje era nosso aniversário de casamento – contava a mulher. – Quinze anos de casados e, finalmente, eu ia contar a ele que estou grávida. – A mulher chorava e o policial a amparava e a ajudava a caminhar até o carro.

As testemunhas diziam que ele correra pela calçada, assustado, e, logo em seguida, ouviram um estampido e o sujeito caiu morto no chão. Não havia ninguém atrás dele, mas viram um homem correr no sentido contrário. Jorge foi verificar o local.

Paula fotografava a vítima quando ouviu um conhecido do morto falar:

– Ele andava muito tenso nos últimos dias. Ontem ouvimos um grito de uma mulher, na realidade, parecia alguém imitando um uivo e ele se estremeceu todo. Em seguida, cismou que viu uma velha horrível e muito magra, ficou apavorado, disse que precisava sair e desapareceu.

– Alguém mais viu a tal velha? – Paula ficou interessada, lembrou-se das fotos do *show* das *Hellish Girls Club* que estavam na câmera de Bárbara.

– Na realidade, só ele.

– Para onde ele estava indo?

– Nunca soubemos. Gabriel andava estranho e nervoso desde que resolveu pesquisar sua origem. Dizia que descendia de irlandeses e que vários membros de sua família haviam fugido do país há muito tempo... Acho que ele estava envolvido com algum tipo de culto ou missa negra – acrescentou.

– Por que diz isso?

– Há muitos livros de feitiçaria, superstições irlandesas e invocações de seres sobrenaturais na mesa de trabalho dele.

– Policial, por favor, pegue os dados desse rapaz e da empresa em que trabalha. Quero fazer uma perícia no local. Terminei aqui, vou procurar meu chefe! – disse Paula, agitada com as informações.

Quando se afastou, viu Jorge entregar uma arma dentro de um saco plástico para Eric. Outra visita à balística, pensou. Retornaram para o laboratório e depois resolveu descansar em sua sala mesmo.

Amanheceu. Paula se levantou do sofá de seu escritório toda amarrotada, ligou para casa e pediu para o noivo trazer roupas limpas. Seria outro dia cheio. Foi se encontrar com Jaqueline.

A técnica em balística era uma bela negra, de cabelos em estilo *blackpower*. Naquele dia, usava calças cintura alta e camisas de gola. Queria que Paula acompanhasse o teste com a pistola achada no local do crime da noite anterior. Aguardava pela chegada da moça, saboreando uma laranja. A jovem abriu a porta e cumprimentou a balzaquiana. A sala da balística era toda revestida para abafar os sons de tiro. A perita em armas indicou onde os testes seriam realizados. Ela já havia feito o de *recentidade* (que indicava que a arma tinha sido usada recentemente) e estava prestes a começar o teste de funcionalidade. Esse teste era feito no túnel de tiro, servia para saber se a arma estava em bom estado, se era eficaz. Colocaram os tampões para protegerem os ouvidos.

Depois de verificar o funcionamento da pistola, foram para o tanque de água.

– Esse teste é usado para verificar se as estrias deixadas pela arma são as mesmas encontradas no projétil retirado do corpo da vítima. Assim a arma pode ser descartada, ou não – Jaqueline começou a explicar. – Usamos o tanque de água para que não haja nenhum outro contato com o projétil, e uso esse pegador de madeira justamente para evitar arranhões que poderiam ser feitos com outro objeto de metal. Veja, Paula, olhe aqui na tela. Essas marcas só podem ser confirmadas através desse microscópio que digitaliza a imagem para nós. Aqui, está vendo essas estrias? São idênticas a estas. A pistola que vocês acharam na cena do crime foi usada para matar a vítima.

***

Paula chegou à empresa onde Gabriel O'Connor trabalhava. A recepcionista apontou o setor que procurava. Subiu pelo elevador e caminhou até a mesa do homem. Era um cubículo separado por paredes com no máximo um metro e oitenta de altura.

A mesa em formato de U era azul marinho. Sobre ela, um notebook, uma impressora multifuncional e um telefone de ramais. Ele parecia ser bem organizado, havia dois módulos de gavetas, uma do lado direito com pastas e arquivos da empresa e outro do lado esquerdo com objetos pessoais.

Na gaveta, encontrou uma agenda e uma pasta com vários artigos impressos sobre famílias irlandesas e sobre a lenda das *Banshees*. A maioria estava em inglês e ela se arrependeu de não ter continuado seu curso de línguas. Abriu a agenda no dia da morte de Gabriel e viu que ele havia anotado um compromisso para as oito da noite: *Reunião com a Senhora O'Grady. Sesc Pinheiros*. Esse nome era familiar para ela, mas não se lembrava de onde...

Pegou um envelope pardo na sua pasta e colocou os artigos e a agenda. Fotografou mais algumas coisas sobre a mesa e dentro das gavetas, tirou a luva de látex e guardou tudo dentro de um saquinho que estava na bolsa. Ela queria ir direto para casa, estava exausta; pensava em como seria bom receber uma massagem após um banho relaxante.

Infelizmente, tinha que passar no laboratório para deixar sua mala e as evidências que acabara de recolher. Dirigiu pela Avenida Francisco Morato enquanto ouvia Bryan Ferry cantando *Slave to love*. Seu coração ficou apertado ao se lembrar de Eric, não entendia o porquê de ele tratá-la tão mal.

Após deixar o envelope pardo com o responsável pelo arquivo de evidências, passou na sua sala e guardou a mala. Jorge estava adormecido no sofá velho que ficava num canto da sala.

– Tudo bem, Jorge? – perguntou, acordando o colega.

– Sim, apenas tirando um cochilo antes de ir para casa.

– Brigou novamente com sua mãe?

– Na realidade, sim, ela voltou a beber e não posso sequer fazer nada para impedi-la; somos em três irmãos e, para interná-la, todos teriam de assinar o documento.

– Sinto muito.

– Feche a porta depois de sair, *O.K.*? – Saiu em seguida batendo a porta.

A viagem de volta foi bem cansativa, pensou em parar umas duas vezes, pois o sono e o cansaço eram imensos. Guardou o carro na garagem e subiu para casa. Entrou na sala e procurou por Saulo. Nada, subiu para o quarto, largou a bolsa em cima da cama e foi tomar um banho. Onde Saulo estaria? Estavam noivos havia três anos e a cada dia que passava ao lado daquele deus grego, loiro de olhos azuis, menos paixão e atração sentia. Seria isso a rotina?

Resolveu procurar algo para comer. Foi quando notou um bilhete na geladeira:

Amor, eu fui jantar com uma editora.

Acho que meu livro vai ser publicado.

Saulo.

– Jantares todos os dias, falta de apetite sexual, talvez ele esteja me traindo e não tem coragem de admitir – pensou ela triste. – Vai ver que todo fim de relacionamento é assim mesmo.

Desistiu de comer e foi se deitar. O cansaço era muito forte, mas não o suficiente para que ela tirasse o caso de O'Connor da cabeça. E o nome O'Grady ainda latejava em sua mente como uma marreta a destruir uma parede. Foi quando a lembrança veio.

Estela O'Grady era uma feiticeira descendente de uma família irlandesa. Ela estivera duas vezes em sua casa a convite de Saulo, quando ele escreveu o livro *A Fada da Morte*, uns quatro anos antes.

Ficou eufórica e foi pesquisar sobre a família O'Connor. Nenhum resultado importante foi encontrado. Resolveu jogar junto o sobrenome de Estela e Gabriel; alguns resultados saíram listados. Nenhum importante. Ela filtrou, buscando notícias, e um *link* lhe chamou a atenção: falava de um incêndio em Portugal, no último verão, que matara uma família inteira de sobrenome Kavanagh; a notícia também dizia que a família era original da Irlanda e juntamente com as famílias O'Connor, O'Neill,

O'Brien e O'Grady haviam se refugiado em vários locais do mundo, na tentativa de escapar de uma suposta maldição.

Passou horas lendo notícias sobre as famílias e adormeceu em cima do computador.

Havia encontrado uma relação entre as vítimas.

***

– Paula! – Saulo acordou a noiva que dormia ao som de bips do teclado. – Venha dormir na cama. São quase cinco da manhã.

– Você está chegando agora? – perguntou irritada com o horário.

– Venha, vamos dormir. Amanhã conversamos – respondeu, tentando evitar uma confusão desnecessária.

– Não quero falar sobre isso; para ser sincera, eu preciso falar com a senhora Estela O'Grady, você precisa me dar o endereço dela – disse tentando se controlar. Não podia deixar de achar que ele tinha uma amante.

– Para que você quer o contato dela? Além do mais, será impossível conversar com Estela. – Saulo baixou a cabeça de maneira triste.

– Por quê? – questionou com medo da resposta.

– Ela foi morta há um mês. Assassinada. Deu nos jornais. Você deveria saber.

– Impossível! Gabriel O'Connor tinha um encontro com ela marcado para duas noites atrás. E o fato de eu ser perita da polícia não significa que eu deva saber todos os crimes ocorridos na nossa cidade.

– Tem certeza? Podia ser com a filha dela, Kátia!

– Me dê o telefone e o endereço!

Saulo foi até seu computador, puxou a informação que estava num arquivo de *Excell*. Anotou o celular de Kátia e o endereço que era o mesmo de Estela e entregou o papel para Paula.

***

O relógio mostrava nove e meia da manhã, Paula esperava que alguém atendesse a porta, tinha um minuto que havia tocado a campainha, mas parecia muito mais. Uma mulher de trinta e poucos anos veio atender. Era baixa e gordinha, cabelos pintados de um vermelho vivo. Ela abriu um sorriso enquanto convidava a moça a entrar.

– Acho que você é a Paula! Eu sou Kátia, como vai?

– Vou bem... Desculpa vir incomodá-la...

– Você não incomoda. Para mim é um alívio que alguém ligado à polícia se interesse pelo assunto, quase ninguém acreditou em minha mãe, nem mesmo eu. Por favor, entre. – Apontou o caminho para Paula.

A casa das O'Grady era enorme, e Kátia recebeu a perita numa sala aconchegante. As janelas eram bem largas e deixavam toda a luz do dia entrar; do lado esquerdo, podia-se ver um lindo jardim japonês, onde um jabuti repousava tranquilo ao lado de um laguinho com carpas de várias cores e tamanhos.

A sala era composta por um jogo de sofá de vime e uma mesa redonda no centro. Uma senhora entrou com uma bandeja de água, suco e café, deixou-a próxima às mulheres e voltou para o outro cômodo.

– No que posso ajudá-la, Paula?

– Eu gostaria de saber sobre a morte de sua mãe e a maldição que fez com que seus antepassados fugissem da Irlanda!

– Bom, o que sei é o que minha mãe relatou. Cinco poderosas famílias da Irlanda, os O'Neill, os O'Brien, os O'Connor, os O'Grady e os Kavanagh invocaram o espírito de uma *banshee*. Esse espírito concedeu alguns favores a essas famílias em troca das almas de suas crianças. As famílias se arrependeram depois e fugiram – relatou de um modo simples.

– É possível invocar uma *banshee*? Sinceramente não acredito que essas criaturas existam. – Paula estava incrédula.

– Eu também não acreditava, até achar uma foto tirada uns dias antes da morte da minha mãe. Parece que, se você for a um local de poder místico, no dia e horários astrológicos certos e chamar pelos espíritos três vezes, você obtém favores, mas eles vão exigir algo em troca.

– No caso das famílias irlandesas, as almas das crianças?

– Não de qualquer criança, mas da centésima. O que corresponde à minha mãe na minha família. Só que, até onde eu sei, apenas os descendentes dessas cinco famílias podem invocar as *banshees*.

– Provavelmente Gabriel e Bárbara eram as centésimas crianças das outras duas famílias, mas todos da família Kavanagh morreram naquele incêndio em Portugal.

– Gabriel O'Connor está morto? – Kátia espantou-se com a notícia. – Foi por isso que ele não foi ao jantar...

– Vocês se conheciam?

– Ele me procurou quando aquela vocalista apareceu morta.

– Sua mãe foi assassinada em um assalto, Gabriel também morreu assassinado e Bárbara foi aparentemente atacada, antes de ser morta. Aquela família morreu num incêndio acidental. Que métodos essas criaturas usam?

– A vida!

– Como assim?

– Elas são portadoras de más notícias, são carpideiras dessas famílias. Elas realmente não causaram a morte de nenhuma dessas pessoas, elas apenas vieram trazer a elas a notícia e levar suas almas. Eu acredito que Bárbara, minha mãe e, talvez, uma das crianças dos Kavanagh, tenham se tornado *banshees* também.

– Desculpe, eu ainda não estou acreditando nisso. É totalmente inverossímil. Não sei o que dizer ou pensar.

– Eu vou buscar uma coisa, por favor, espere.

Paula se levantou, caminhou até a janela e ficou pensando em tudo o que ouvira. Queria chegar a uma conclusão lógica para tudo aquilo. Ninguém acreditaria numa história daquela. Kátia entrou na sala novamente e entregou uma foto para ela.

– Essa foi a última foto que tirei de minha mãe. Dois dias antes da morte dela.

Paula olhou para a foto. Estela estava sentada num banco de praça, sua imagem estava desfocada, ao seu lado a neta de três anos aparecia nítida e sorridente, atrás delas, uma senhora com a pele branca e roupas em farrapos completava a cena. A perita sentiu um frio na espinha. Aquela velha era a mesma que estava atrás do palco no *show* das *Hellish Girls Club.*

– Quem é essa senhora? – perguntou com a fala trêmula.

– Ela não estava na hora em que bati a foto.

– Como? – surpreendeu-se a moça, sem entender a afirmação.

– Paula, fui eu quem bateu a foto. Só estávamos eu, minha mãe e minha sobrinha no parque, essa senhora não estava lá nem antes e nem depois. Você pode levar a foto e até a máquina, se você quiser, não há montagem alguma.

– Kátia, você tem contato com as outras famílias? Pergunto porque falta descobrirmos a centésima criança O'Brien. Espero que ela esteja viva!

– Padre Ricardo O'Brien Matos, o último descendente dos O'Brien. Ele pode ser encontrado na Paróquia Santa Teresinha! Aquela no bairro de Higienópolis.

***

O carro parado em frente ao número 617 da Rua Maranhão trazia agora uma jovem cheia de dúvidas e com suas crenças abaladas. Paula lembrava muito dos pais já falecidos, das missas que a família assistia naquela igreja. Desde o desastre que tirou a vida de ambos, a menina nunca mais fora a uma igreja; no fundo, culpava a Deus pelo seu sofrimento.

Desceu do carro. Caminhou lentamente até a entrada principal e, quando se viu em frente ao altar, fez o sinal da cruz, não porque acreditasse no ritual, mas pela força do hábito. Uma mulher gorda, de cabelos curtos e óculos, veio recepcioná-la.

– A missa da tarde começou às 16h00. A senhora vai ter que voltar para a missa das 19h00 horas.

– Não vim para a missa.

– Oh! Confissões só com horário marcado.

– Desculpe-me. Eu também não vim me confessar. Quero falar com o Padre Matos. Ele está à minha espera.

– Claro, deve ser a moça da polícia, não é?

– Paula Oliveira, perita policial.

– Vou chamá-lo.

– Obrigada.

A mulher virou as costas e entrou numa sala atrás do altar. Minutos depois, um homem de calça preta e camisa social azul surgia pela mesma porta. Ele foi até ela. Pelo amito usado em volta do pescoço, soube que se tratava de Padre Matos; cumprimentaram-se.

– Senhorita Paula?

– Boa tarde, Padre. Desculpe procurá-lo já no início da noite. Tenho pouco tempo para tentar resolver um caso.

– Em que posso ajudá-la?

– Padre, estou investigando a morte de Bárbara O'Neill, o senhor a conhecia?

– Nunca a vi, senhorita, mas sei que os O'Neill e minha família vieram da Irlanda. Provavelmente nossos antepassados se conheceram ou até mesmo podemos ter um grau de parentesco.

– Eu desconfio de que Bárbara foi assassinada. Também acredito que o mesmo aconteceu com Gabriel O'Connor – explicou, mostrando as fotos para o homem.

Padre Matos pegou as fotos e olhou para elas cautelosamente, antes de devolvê-las para a moça e dizer numa voz calma e terna:

– Acompanhe-me, precisamos conversar.

Ela se sentou num sofá marrom no centro de uma sala. Provavelmente a mesma que a mulher estava alguns minutos antes. Ao seu lado, Padre Matos começou sua história:

– Sou descendente da família O'Brien. Há séculos todos viviam bem na Irlanda. Eram cinco famílias distintas e importantes. Reza a lenda que cada uma das cinco famílias tinha um espírito chamado *banshee* que consolava a dor da perda de um ente querido. As *banshees* choravam os mortos de sua respectiva família. Muitas vezes ainda traziam notícias de mortos em campos de batalha ou de parentes que estavam distantes por algum motivo. – Respirou fundo, virou-se para a mesa de canto ao lado do sofá e tirou dali um livro bem antigo. Entregou-o a Paula.

Ela o pegou com cuidado; percebeu, então, que se tratava de um diário. Ele continha um envelope com algumas fotos. Ela observou cada uma das fotos, eram pessoas de várias décadas e sempre com seus rostos embaçados e a velha em farrapos nítida em algum ângulo da imagem. Enquanto folheava as anotações redigidas à mão na língua inglesa, Padre Matos voltou a falar:

– Meu tataravô começou esse diário e depois passou para meu bisavô.

– Padre, eu não entendo o que está escrito. Do que se trata?

– Sobre a traição que meu tataravô e seus amigos das outras quatro famílias fizeram a seus entes queridos. As famílias, como disse, eram poderosas e ricas, mas a geração do meu tetravô queria mais, eles queriam ser reconhecidos por toda a Grã-Bretanha. Para isso, invocaram uma *banshee*.

– Eles conseguiram o que queriam?

– Sim. Eles subiram numa colina e chamaram pelas *banshees* três vezes. Era um local místico e as coordenadas astrológicas eram as exatas. As criaturas apareceram e lhes deram o poder, a riqueza e a fama.

– E em troca elas pediram as almas das crianças – completou.

– Não. Elas não pediram nada em troca. Isso foi exagero do povo irlandês.

– Por que eles estavam fugindo, então?

– Desonra, traição, ofensas... Os patriarcas nos mandaram embora.

– Então... – Paula pensou friamente no que estava acontecendo. – As *banshees* estavam cumprindo sua obrigação e chorando ou avisando seus mortos?

– Provavelmente. Minha jovem, acho que você deve procurar motivos reais para a morte dessas pessoas. – O padre olhava fixamente para a perita. – Você acredita nessas criaturas?

– Não sei. É tudo muito confuso. É muita informação para digerir.

– Às vezes, você só precisa olhar além do que vê, se é que me entende, minha filha.

– Obrigada, Padre. Nossa conversa foi muito esclarecedora.

– De nada, minha filha. A propósito, você pode ter se esquecido d'Ele, mas Ele não se esquece de você – emendou o homem, apontando para o teto. Paula entendeu bem o recado.

***

Um mês havia se passado quando os peritos finalmente puderam encerrar o caso O'Neill. O chefe de segurança da banda foi indiciado. As investigações levaram a polícia até ele. O ciúme e o vício deixaram-no louco, e ele administrou uma dose alta de LSD na moça. A marca na cabeça foi causada por um golpe forte dado por uma pedra. Quando interrogado várias vezes, caiu em contradição. Ao passar pelo polígrafo, o aparelho mediu a intensidade em suas respostas e ele acabou confessando.

O assassino de Estela foi preso uma semana depois, quando roubava uma joalheria.

Paula descobriu que Gabriel O'Connor estava desviando dinheiro da empresa onde trabalhava e que, na noite de sua morte, fugia de um traficante ainda não identificado.

No laboratório criminal, as coisas continuaram iguais. Apenas Paula mudou. Mantinha um contato razoável com Padre Matos e Kátia O'Grady, fazia pesquisas sobre as *banshees* e sua família. Sem ser notada, uma velha senhora sempre a observava.

Debora Gimenes nasceu em 1973 na capital de São Paulo, onde mora até hoje. Organizou diversas antologias, participou com contos em várias outras, além de ter publicado o livro *Do Real ao Imaginário* e vários e-books pela Amazon. Mantém o blog *O Jardim da Debby* (www.dcsgimenes.blogspot.com.br), no qual escreve resenhas e divulga seu trabalho e o de colegas.

LLYR
EDITORIAL

Este livro foi impresso em outubro de 2016
em papel offset 75g em tipologia Aparajita, corpo 12 / 14.